赵玫 著

林花谢了春红

重庆出版集团
重庆出版社

当"林花谢了春红"

一个关于家庭和爱情的故事。

在风流云散中，人们讲述着各自不同的生存观念。

有时候婚姻就如同疾病。一个从患病到死亡的可怕过程。有的如心脏骤停般当场毙命，但更多的却要经历难以承受却又无以避免的磨难。那绵延不绝丝丝缕缕却足以致命的伤痛。最终不得不终结于命数耗尽。总之是各种各样的终结。分手契约就等于是，病危或死亡通知书。

斑驳的人物关系便在这样的笼罩下纠结起。或者关系就是故事，你只须平铺直叙，甚至无须在乎事态会怎样发展。

一个奇异的群体将成为这部小说的主体。那是些富有而高雅、事业有成却独居的女人们。这些女人因种种原因而忽略、耽搁了婚姻，进而在光阴荏苒中，不能再寻到与之匹配的男人。于是漫漫长夜，孤独寂寥无以慰藉，尽管她们也渴望能和男人柔情缱绻。

　　于是她们只能生活在偷情中。将爱恋寄托于那些短暂而又激情四射的瞬间。而这些男人大多是有家庭的，但她们并不需要男人和家庭决裂。她们只要做爱，却不知已经悄无声息地进入了他人的领地。

　　她们成为了可怕的觊觎者，那些家庭稳定中最易波动的因素。她们逢场作戏般侵蚀着那些男人的家庭。那是一种看不见的病灶，却足以让家庭充满危机。于是任何有所觉察的妻子，都会在岌岌可危中陷入永恒的焦虑和不安。

　　而男人却总是做出很坦诚的样子。他们接听不知什么地方打来的电话。电话中那种兴奋的语调，一种由荷尔蒙主导的绚烂姿态，甚至连他们自己都意识不到。但妻子却能洞悉一切，深知男人的坦诚永远只是表象。他们和别人偷情是绝不会轻易泄漏的，哪怕曾一遍又一遍地重温不懈的激情。

　　但也许这身体的出出进进根本算不上什么，就像人们平日里来来回回的那些话语。

　　不同的家庭，不同的入侵者。每个人都在纠缠别人，又被别人纠缠。如此环环相套，犹如一个个怪圈。

　　年轻女诗人沉沦于平庸却充满爱意的家庭中。她从不介入丈夫的事业，只做饮食男女。另一个女人的出现让她凄惶。当觉出丈夫的外遇已无力回天，最终以勾引别人的丈夫开始了自己的报复。如此恶性循环，冤冤相随，直到有一天她终于敞开胸怀，走出怨怼。

女诗人的丈夫在大学任教。以众所周知的才华摒弃世俗的学位。直到从美国回来的女博士掌管了学术，他才第一次觉出知识也是可以干净的。于是一改往日消沉，将生命附丽于女博士的事业中。从此身不由己地追逐她的脚步，认为这是他不得不投入的一种生存的方式。这方式自然也包括了性爱和激情。他只是不知道自己所做的这一切，仅仅为了自身的需要呢，还是与他人的"互利双赢"。

女博士有着灿烂的成长经历。对觊觎别人的丈夫毫无歉意。她笃信爱是需要自由的。惟自由才会让心灵变得幸福。女博士的母亲是杂志主编，曾留学海外，又独自回国。与专栏作家激情燃烧，之后才发现作家妻子是自己的同窗。但最终不曾一刀两断，在微妙中维系着两个家庭的关系，无论她是不是已经厌倦。

专栏作家以情人的方式爱着女主编，却始终没有勇气离开自己的妻子。妻子对丈夫的外遇心知肚明，却宁可生活在谎言缭绕的假相中。

摄影师代表了一种动荡的方式，他爱他冷漠的妻子却毁了她的艺术。在她需要的时候往往远在天边。他爱女诗人就像爱自己的姐妹。

惟有女编务像一道邪恶的闪电。她是故事中最令人慨叹的部分。她心怀屈辱，却写出令众人汗颜的小说。以文字洞穿了故事中每个人斑驳的内心。然后她戛然而止，从塔楼坠落。以生命为赌注，获得了她毕生追求的尊严。

不同的女人，用不同的方式，纠葛起来，并相互讲述。

她们或是妻子，或是情人，或是觊觎者，或兼而有之。因她们的身份始终处于转换的变化中。

于是，当林花真的谢了春红……

第一章

蓼蓝不确定。不知道自己是不是已经老于世故。总之一种迷茫的感觉，湖光山色之间的那种，天高云淡。她走神了。坐在那里。在觥筹交错中，却不知应该想到什么。

一次不能拒绝的聚会。不关乎友情。专栏作家儿子的婚礼。而她并不讨厌那个写作的男人。所以不得不来，还要不得不做出欢天喜地的样子。但那不确定的纯真总是被牵扯着。

婚礼仪式是《霓裳》杂志社一手操办的，被安排在郊外湖畔的草坡上。如镜的湖水，伴随着青草的香。于是气氛充溢着淡淡的典雅。

在大自然中构建如此的婚姻殿堂，大概也唯有《霓裳》愿意无偿地帮忙。鲜花布满目光所能及的每一个角落。到处可看到新人横着竖着的各种巨幅照片。幽深处飘来悠远的《婚礼进行曲》。很好的乐曲，却仿佛很隔膜。完全从好莱坞电影中拷贝过来的婚礼程序，包括新娘新郎的服饰，交换戒指乃至当众接吻，只是缺少了神甫或牧师。也没有关于婚姻的神圣许诺，更没有中式的掀开盖头后刹那间激动人心的场面。或者因为，这个世界上早就没有成年处女了。

人们在约定的时刻翩然而至，沐浴着午后明媚的阳光。人人都闻到了青草的清香，那也是婚礼策划者的创意。大概也只有婚礼的相关者才在意这浅薄而繁缛的程序。并没有人真的关心那对新人的婚礼是不是顺利。来宾一走进花园就端起了高脚杯，在认识或不认识的人中间往来穿梭。

《霓裳》的工作人员在女主编的带领下悉数登场。其中最引人注目的是摄影师那位曾经红极一时的模特老婆。据说这女人曾一度罹患忧郁症，乃至到了想要自杀的地步。模特出身的女人看上去依旧很美，是那种矜持的高傲的冷的美。但仔细观察就会发现其实她的两腮很宽，眼睛也离得很远，总之别有一种风度。她始终不笑，也很少讲话，之前从未来过编辑部，所以大家和她不熟悉。

此刻的蓼蓝形单影只。倘若她是独身女人，或者也不会觉得如此孤独。她邀请过自己的丈夫，那个落拓的男人，当然他才华横溢。生存的态度和一个人是否优秀毫无关系，至少蓼蓝是这样想的。或者他故意做出落拓的样子，为了让蓼蓝获得某种平衡？是的，他们终于共同地不思进取了，尽管他们还那么年轻。不是刻意而为，而是一种几近于本能的选择。不是谁在迁就谁，而是共同的愿望，缔造了他们都觉得很舒服并且本该如此的家庭生活。

是的，她邀请她丈夫了，或者说，专栏作家夫妇邀请她丈夫了。她丈夫也看到邀请函了。上边明明白白地写着"贤伉俪"这几个庸俗至极的字眼，怎么会出自那位锋芒毕露的作家之手？或者就因为这几个恶俗的文字，她丈夫毫不犹豫地选择了放弃。他当然看出了蓼蓝那些微的不快，但他说我们不是有约在先吗？我认识他们吗？你的那些同事？我了解他们吗？更不要说，他们是否了解我。不是早就约定过吗？我们只是，各自身后的影子。我们相爱，就足够了。我的同事或你的同事，和我们的生活有什么相干？

于是蓼蓝独自前往。和蓼蓝一样独自前往的还有那个女编务。不过，编务本人从来不喜欢编务的称呼，总是强调她是女主编的女秘书。其实这女人已经过了退休的年龄，却因为主编的执意挽留而一直留任。女编务独自前来是因为她一直独身。她从没有结过婚，不知道是不是就意味着从未有过性爱。这天她穿了一身粉红色的华丽套装，手臂上挽着一个时尚的香奈儿小包。一看便知那是赝品，却表明了她对奢侈品向往的姿态。她还用了很浓烈的香水，那种缺乏分寸感的喧宾夺主。不过蓼蓝站在她身边并不反感，因为她喜欢那种香水的味道。

穿梭往来的高脚杯不停地发出碰撞的声音。于是人们也开始醉眼迷离。蓼蓝对这冗长到难以承受的婚礼失去了耐性，这或许就是她为什么没有给自己一个婚礼的原因，也是她人生中最值得骄傲的一次决定。

恍惚间她已经远离了婚礼现场。甚至连麦克风发出的声音都变得依稀渺茫。斜阳。是的，这湖畔，正在反射出黄昏的色泽。那姗姗来迟的，却又不能不来的，凄凄惶惶。为什么，老一辈简朴而实在的婚礼反而更令人神往？只要两套被褥搬到一起，两张板床拼在一处，便可儿孙满堂了。就像她和她的丈夫。没有那些繁文缛节，亦没有所谓的仪式。仪式就那么重要那么令人信服吗？她记得她和她丈夫一拿到结婚证就后悔了。一张纸，一张纸又能约束什么呢，他们何苦前来索取？

远远地，女主编和那个男人沿湖岸走来。在林间，影影绰绰地，是的，他们手牵着手。手牵着手就足矣。毕竟，那边，人们似乎正在为新郎新娘的当众接吻而欢呼。那一刻，真的撩拨起了他们的性欲？

在密林中，他们或许以为这里不会有人，至少，不会有编辑部的人。于是接吻，在他们之间，就不会像新郎新娘那般，是做给公众看的，而是，实实在在的两个身体的需要了。当然，在密林中，他们不知道有蓼蓝。而此刻蓼蓝所思所想的，也并不是他们的吻，而是，他们的方式。

他们手牵着手，在树影里，斜阳中，那般的美好。两个身影，或并排或重叠，影影绰绰的，就像是湖边的诗。蓼蓝可以迎上去，亦可以择路而避，反正已经是公开的秘密，至少在编辑部。他们并不特别掩饰彼此的关系。但蓼蓝最终还是选择了离开。不管他们是否已经看到了她。

重新回到人群中，蓼蓝几乎谁都不认识，于是独自坐在餐桌前。没有圆桌，就像是没有大红的盖头。长长的餐桌是由无数方桌连接而成的。人们对坐，就像是意大利人的家庭聚会。

看得见仪式中飘来飘去的白色婚纱，亦能够远远瞟见那个粉红色身影。她觉得她是在不知深浅地搔首弄姿。

　　长桌前空空荡荡。人们正耽搁沉溺于相互的交往中。服务员不断摆上各种菜肴，那断然不会是美味的食物。人们为什么迟迟不想入席，还有什么说不完的话？于是蓼蓝想到了诗歌，空谷幽兰，那是策兰写给巴赫曼的爱。

　　蓼蓝在心里默诵着，你这焚烧的风。寂静／曾飞在我们前头；第二次／实在的生命……

　　便立刻觉得不再无聊，因为她心中有了策兰和他们的爱情。在漫长的生命中爱过一次又一次。曾经失落的，而失落也许就是拥有。但是她为什么不再写诗？蓼蓝问自己。而她的男人就是在诗中找到她的。又为什么，要在颓废中失落？床上流泻的那些激情，甚至，连痛苦都感受不到……

　　她觉出身边有人走过。那个摄影师迷人的妻子。她不声不响地坐在蓼蓝身边，又似乎并不想和她搭讪。于是她们就默默地坐着。那个仿佛不胜其苦的娇弱女人，不屑地说了一句"无聊"。然后她们相视一笑，紧接着又回到各自的沉默中。

　　终于等到人们坐回到餐桌前。唯独女编务意犹未尽，就仿佛那是她自己的婚礼。大家左顾右盼，相互寒暄。这一桌全是《霓裳》的人，就仿佛编辑部换了一个办公的场所。

第二章

她说她就站在监护室门外，等待着那个最后的时刻。她不知那时刻何时到来。她和他只隔着一层玻璃门。她这样说的时候满目苍凉，有一种难抑的亢奋和某种期待。

这一刻她就坐在主编办公桌的对面。她看到了窗外折射的浅灰色暗影。那是一扇很大的玻璃窗，稍稍走近便会有一种从身体深处油然而生的心惊肉跳。

女主编怀着同情在倾听。她本来是要她汇报下一期刊物的选题。女主编发型一丝不苟，略施粉黛，总是戴一串优雅的珍珠项链，洒几滴让人些微闻到的某种香氛。她信任眼前这个曾满怀激情的女编辑，尽管，她觉得她有时会表现出某种言过其实的夸张。

她说，她只是隐隐约约地感觉到了死亡。而婚姻的崩溃在某种意义上就如同人的死亡。她说医院下达的病危通知书，就等于是，婚姻即将死亡的通知书。大同小异的，没什么两样。婚姻就如同疾病。

然后，她缄默。

女主编想重谈关于杂志的话题。但弥漫于对方身心的绝望感却让她难以启齿。她不确定,这个女人的抱怨来自于她的生活,还是她的想象?她一直觉得她就像一段段总是充满幽怨的诗行。是的,是的下一期你打算……

要知道婚姻就像疾病。有的风驰电掣般即刻毙命,"咯噔"一下子彻底结束;而有的则要经历诸多难以忍受又不得不忍受的漫长磨难。

女主编慢慢听出了女编辑的思路,她觉得她也许并不是在抱怨自己的生活,而是在阐述对婚姻的思考。于是她立刻首肯了女编辑的想法,并顺着她的思路,或者,这一期我们就重点探讨生病的婚姻?

那绵延不绝的丝丝缕缕的却足以致命的伤痛,就如同您窗外那片浅灰色的天空,最终会因生命耗尽……

女编辑的诉说突然被电话铃打断,她竟然蓦地抖动了一下,仿佛被惊吓,或者,她对她的话题太投入。

很自然地,主编可以随时打断下属。她拿起电话,向对面的女人摆了摆手,意思可能是不要讲话。哦,她的语气变得柔和,脸上甚至现出微笑。哦,我忘了,你要的哪本英文书?就在我这儿。好的,一会儿让司机给你送过去。吃过早饭了吗?冰箱里有果汁……

然后她把目光移向女编辑,我女儿,你接着说。

最终因生命耗尽而不得不终止,总之有各种各样的死法,但大多要经历那深入骨髓的疼痛与折磨,于是死亡的时候已形容枯槁。

病人还是婚姻？

我是说，有病的婚姻。

可是，女主编看了看墙上的挂钟，你确实看到了什么，还是仅仅是感觉？

我不确定，正因为不确定才会备受折磨。

单单是感觉就能如此冲动？

电话铃再度响起。这意味着，这里也许根本不是谈论生死的地方。

你到了？那上来吧。女主编无须任何歉疚地站起来。那是天经地义的，她是这里的主宰。于是，女编辑一如任人宰割的羔羊般也随之起身。她知道今天的谈话就这样结束了，女主编不再有听她诉说的兴致。

女编辑走出主编宽阔的房间。她披散的头发让她显得格外地苍白。她坐进办公大厅被切割的那个属于她自己的小格子里。抬头，就看到了对面女人投来的不怀好意的目光。是的她不喜欢总是被她莫名其妙地凝视。她讨厌那个号称做了几十年编务的老女人。她知道这个女人不喜欢自己，而她也从未认真地对待过她。她觉得她就像一个无所不在的幽灵，又像是一个不肯退出舞台的老舞女。她每每看到她都会想到《蝴蝶梦》中的那个女管家。永远威严的目光，凛然的气势。她身上唯一令人认可的，就是她对主子的忠诚，这也和《蝴蝶梦》的女管家如出一辙。为此她不遗余力，舍生忘死，甚而烧了庄园，烧死了她自己。

　　紧接着，大厅的玻璃门被推开，那个不修边幅的男人走进来。俨然皇帝般地气宇轩昂，仿佛这地方是他的王国。他当然十分友好地和编辑部各色人等打着招呼，甚至不惜在一些小格前停下来，交谈几句。总之他一副名士风流的架势，在不耻下问中尽显尊者风范。是的他当然就是尊者，杂志中所有那些针砭时弊、振聋发聩的檄文都出自他手，在某种意义上，他那些炮火硝烟的文章也促进了杂志的销售。

　　他是女主编几年前在某小报上偶然发现的作者。他的名字之所以只能出现在某小报上，是因为他的文字太具鲁迅遗风了。于是女主编"别有用心"地接纳了他，而那时《霓裳》正处在新一轮的瓶颈中。女主编知道她的杂志过于华丽了，甚至有一种近乎奢靡的倾向，和普通读者越来越远。她知道要走出这种风格急需另一种声音，那种和大众更接近的，甚而敢于披露真相的声音。于是这位小报的专栏作家带来了这种声音，只是女主编将他的檄文打磨得更加圆润光滑罢了。他在女主编的打造下竟然迅速蹿红，一时间成为炙手可热的时尚"潮人"，《霓裳》的销量也随之不断攀升。幸好这个骄傲的男人并没有居功自傲，无论人们怎样追捧，他都不曾终止过《霓裳》的专栏，也从不在稿酬问题上和编辑部争执。

　　从此杂志社和作家共同成长，而爱情也悄然降临到女主编和作家原本枯燥的生活上。他们童话一般的爱情就像细菌，慢慢侵蚀了杂志社的整个肌体。

　　于是每周送来稿件就成了作家的必修课，他自己也想每周都见到那位提携他的女恩人。他总是不敲门就推开女主编的门径直走进去。大凡作家驾到，女编务便会马仔一般地守候在办公室门外，须臾不离。她会毫不通融地将所有企图觐见主编的人一律拒之门外，无论作家在主编的房间里耽搁多久。

很快，主编和作家的关系就成了杂志社公开的秘密，至少大家都感觉到了他们之间的相互欣赏，志同道合。这无疑给了人们想入非非的空间，尤其当作家走进主编办公室的那一刻，人们便开始天马行空。尽管谁都不曾看到他们单独在一起时到底做了些什么，但可以想象，那扇门的背后，或亲吻或拥抱，或干脆在主编中午休息的那张缱绻柔情的长沙发上……

第三章

　　她独自躺在本应两人享受的大床上。这张床是他们结婚时买的唯一家具。她什么也不想，只等着那个不知道什么时候会突然响起的电话。就这样在床上，在午夜的黑暗中，她等，以她的耐性。偶尔会打开台灯看墙上的挂钟。床上的激情，被煎熬着。很热。那咸涩的汗，仿佛细密的小溪在周身流淌。于是蒸腾，一种吃过退烧药片的感觉。只为了不想听空调的噪音……

　　她知道她这是在折磨自己，为什么，又为什么不呢？

　　结婚伊始，她就和她的男人订立了互不侵犯条约。包括不侵犯对方的工作和事业，甚至彼此的隐私。她觉得这是种很实际的选择，如此，他们的爱情和婚姻才会变得单纯，进而神圣。很久以来，她一直觉得这是种极好的方式，而她的男人也几乎不假思索就肯定了她的提议。他们都认为婚姻生活就应当是简单而纯粹的，而各自的自由便是决定这一切的前提。从此，在家庭生活中，他们很少谈及对方的工作甚至同事。他们相许，决不把各自单位的麻烦和苦恼带回家，哪怕欢乐。在家就专心致志地过家的生活，别无旁骛。

他们是在一个朋友的聚会上偶然相识的。她见到了那个男人就再也不想离开他。她问她的朋友那个男人是谁，朋友就把他带了过来，让她认识了他。后来才知道，他们都属于充满了兽性的那一类人。他们并不了解对方，却当天晚上就在昏暗的角落里亲吻起来。她将之归为酒精的作用。那一次他们没有做爱，只是相互触摸了对方的私处。再后来她才知道这个不久后成了她丈夫的男人，其实并不是一个满怀激情的人。

她没想到她那么爱的竟是一个如此散淡的人。在拿到结婚证书的那一刻，她只知道他是某大学外文系的一位副教授，当然他已经拿到了博士学位。他攻读二十世纪英国文学，于是很 gentleman 的做派。但后来觉得这样地撑着让他身心疲惫，便立刻改头换面，粗食布衣，干脆做起中国文学中的那种隐士。

她本以为这是他正在悄然发生的变化，连他自己都不自知的。但久而久之，她却发现，如此散淡无为才是他的本真，而他这种自我放逐的人生态度，竟也不知不觉地影响了她。婚后，她迅速而彻底地脱离了诗歌的圈子，那是发自她内心的厌倦，她不再需要那种虚伪做作的浪漫情怀了。

想不到在如此宁静的婚姻中，她丈夫愈加与世无争。其坠落速度之快，就像牛顿眼中直线垂落的物体。他不仅不再涂抹那些用于晋升的论文，甚至连教授的头衔也无心摘取。他说，学术的腐败令他失望，而唯一的救赎就是君子远庖厨。并且他认为一个教师，为什么就不能述而不作呢？而一旦你把所有精力都放在了自己的写作中，这难道不是在偷窃学生的时光吗？与之并行的是，他竟然连博士生导师这样的头衔都失去了兴致，尽管他是外文系公认的才子。才子又怎样呢，还不是穷则归隐山林。当然，他还不曾拥有竹林七贤的洒脱，因为他没有退隐之处，只能教书糊口。能教好本科生和少有的几个硕士生就可以了，这已经是他所追求的目标。他是君子，君子怎么能和那些不学无术的学术骗子为伍呢？

于是这个家庭便在夫妻相互的影响下停顿了下来。他们不再跻身于熙熙攘攘、你争我夺的世俗中，而是把精力更多地转向了内在的生活。那是他们自愿选择的一种悄无声息的生活方式。尽管白天工作在各自的岗位上，但每时每刻都盼望着能尽快回到只有他们两人的家庭中。于是那一个紧接着一个的漫漫长夜，就几乎成为他们生活的全部。

她觉得每天早晨和丈夫一道醒来就像梦幻。大凡这样的时刻她都觉得不真实。她每天上班无论怎样紧张疲惫，但只要一想到回家就会立刻满心欢喜。而男人在没课的时候也从不去学校。不过他待在家里的大量时间也不是用于研究学术，而是任由思绪天马行空，悠然飘过，他觉得这样的人生才是最悠闲也最舒适的。剩下的时间就用来洒扫庭除，洗衣做饭，慢慢地，他竟也天经地义地乐在其中。

当然他们也做爱。很频繁。后来他们才感知到，只有做爱的时候他们才是积极的。尤其新婚燕尔的那段时光，仿佛烈火干柴，几乎不能碰触对方的肢体。那时候他们的每一寸肌肤每一缕思绪都充满了欲望……

墙上的挂钟。

从九点，到十点、十一点、十二点。从深夜，到黎明，竟都不曾有电话的铃声响起。

于是她惦念。用整个的夜晚。她不知他此刻究竟徜徉于哪个城市。无论哪个城市。唯有风旋着他变幻的人生，他的改头换面。是的曾几何时，便告别了，他那么惨淡的境界。是谁在拯救老庄的逍遥、魏晋的清高，将他，像陀螺一样抽打着，旋转于各种你方唱罢我登场的研讨会？是的不是说放弃吗？怎么又快马加鞭？

为什么告别的时刻，难舍的目光没有了？又为什么，对外出的目的地总是讳莫如深？在那个她所不知的遥远的缥缈中，被拥在谁的怀中，抑或拥着谁？不不，宁愿只是想象只是爱之痛彻。是的没有规定非要打来电话，非要牵念。外地的夜晚也是属于学术的，所以她无权过问。但是她确实感觉到了，那必是风情万种的做爱。她知道即便他委靡到了极致，做爱的时候也从不会消沉。她觉得自己就像一个远方的女巫，操控着她所看不到的那夜夜笙歌。是的没有电话。在黑夜中，她睁大眼睛，直到天明。

第四章

　　就好像这场聚会并不是为他们举行的。尽管新郎很帅新娘很妩媚，但他们还是很快就被彻底地边缘化了，只在敬酒时才提醒人们记起他们。

　　专栏作家把自己安置在《霓裳》这一桌，而不是家眷中。他将各种应酬诸般礼数悉数交给妻子打理。那妻子屡屡来到丈夫身边和他低声商量着什么。作家却仿佛事不关己地不以为意，最多浮皮潦草地吩咐几句，转而又投入到和编辑部同事的开怀畅饮中。

　　当婚礼终于接近了尾声，作家老婆眼泪涟涟地坐到女主编身边。她抱怨说这人真是不可救药，就好像儿子不是他的。她们你来我往，一弛一张，仿佛相谈甚欢。但其实编辑部的所有人都知道那不过是虚与委蛇的表面文章，也都知道主编和作家的妻子曾经大学同窗，但显然不是闺中密友，否则主编怎么会连作家是同学的丈夫这一点都不知道呢？

　　女主编和这位风流倜傥的作家可谓一见如故。或者她就是欣赏他那放荡不羁的思想和洒脱的文字。又或者他们一见面就惺惺相惜，引为知己，而那种相见恨晚的遗憾，又让他们很快就成为了珠联璧合的同道和恋人。

而他们的爱情一定也如烈火干柴，熊熊燃烧，不过那是谁都不曾见过的。在女主编紧闭的可以容纳无限隐私的办公室，作家那狼一样的目光瞬间就融化了女主编的心。从此无论他们之间有着怎样的障碍和重重阻隔，他们都赴汤蹈火，一往无前。

当然女主编孑然一身，了无禁忌；作家却家有贤妻，儿女双全。但从美国那种自由国度归来的女人对此并不在乎，她把她对作家的爱情和他的家庭彻底区分开，而她所要的只是她自己的那个部分，她没有非分之想。作家在初始的时刻自然风起云涌，他几乎每天都到编辑部来，编出各种无懈可击的非要见到女主编的理由。他每次闯入主编办公室从不敲门。然后就把自己和女主编深锁其中，让大厅里几近窒息的同事们都能感觉到，似乎整个楼体都在颤动，直到……

直到有一天，一个偶然的场合，主编和作家以及作家的妻子不期而遇。

在商场里。

有些尴尬地，他们突然之间四目相对。他们对此全无准备，自然也就很难做到路人一般地擦肩而过。他们在一米远的距离内相互停下了脚步。他们互致问候，眼神中必然会泄露那含情脉脉。然后作家本能地将身边妻子介绍给女主编。他觉得这也没有什么不可以的，他们是同事，和爱情无关。

这是我妻子，这位是……

她们突然都愣住了。

是的，作家在女主编的脸上看到了愕然，紧接着就是妻子惊喜地和对面的女人握手。

是的，我们认识。

你们认识？

真是太巧了。妻子表现出由衷的惊喜，竟然是你？他总是说起你，只是，我怎么也不会想到，竟然是你。

你们认识？

当然，四年同窗，情同姐妹。妻子骄傲地说。

怎么从没听你说起过？作家很不情愿地责问。

你就从来没有认真地听过我说话。

那么，既然你们早就熟悉……

唯独作家，很不自然地横在两个曾经同窗的女人之间，也唯独他，是后来才加入进来的，而那时，他早就无数次在女主编的密室巫山云雨了。

于是，女主编的某种尴尬，尤其当着老同学，当着，那个作家的妻子。她的脸竟然红了起来，慢慢向下，一直红到了乳房里。

大概是因为你换了名字，他说过的，让我想想，对，他说过，《霓裳》的主编叫缇娜。

都是为了刊物。不过，这也确实是我在美国的名字。

原来的育红不是也很好吗？

都过去了。是啊，很多年了。女主编慢慢回过神来。竟然先要认识你丈夫，然后才能找到你。我真的想不到是你，听说你做了中学校长？

他告诉你的？

还说了你的儿女，他们很好，今天我都看到了。

我是熬出来的。

还是因为你做得好。记得大学时你就总是熬夜，并且还入了党。

想想咱们师范毕业，只能做中学老师，不像你能出国留学。

我那时也是被逼无奈。

总之是你给了他机会。他在家总是说到你。

哪里呀。说着女主编不由自主地看作家，而那一刻他刚好低着头。他确实很棒，是他给了《霓裳》新鲜的视角。

你没有看到他穷困潦倒的样子，总是一脑门官司，看着我们谁都不顺眼。

也许正因如此才有了他的檄文，读者们真的喜欢。

我一度害怕他的精神状态会影响了孩子们，幸好你及时发现了他……

我们走吧。作家打断女人的寒暄。说要给我买一身西装，为儿子的婚礼。

不仅西装，还有衬衣领带。没有人像他这么不修边幅的，你看看他给自己买的这件衬衫像什么……

　　是女儿从美国带来的。很昂贵的阿玛尼，但是女主编却不能说。她只是颔首笑着，任凭他妻子抱怨。

　　好啦好啦，我们走吧。作家几乎是强行地拆散了两个久别的女人。他或者觉得只有离开，才能逃避掉两个女人的目光。

　　哪天一定来家中做客啊……

　　女校长那慢慢飘散的声音。

　　不久女校长果然一诺千金，盛情将女主编请到家中。那是一个周末的晚上。她们都知道作家正在出差，所以刚好可以从容叙旧。

　　这是女校长精心选择的时刻。孩子们那个晚上也都不在家。房子里显得零乱而空旷，所谓的装修毫无品位。但是这些并不重要，甚至饭菜好坏也无所谓。只要能倾诉分别后各自的经历，将其间断裂的岁月连缀起来。

　　于是女校长大谈她的婚姻。说他们怎样一见钟情，又怎样莫名其妙地未婚先孕。他们的儿子就是这段激情的产物，结婚不到五个月就呱呱坠地。但是她不在乎那些流言飞语，对她来说拥有了丈夫才是最最重要的。他们从此相亲相爱，尤其令她难以应付的，是丈夫那永远旺盛的生殖力。她说她不想用欲望这样的字眼来描述他们之间的关系，是的，是爱情，只有爱情，让他们在不知不觉之间又违反政策地有了他们的女儿。但这男人还是恶习不改，他只要碰到我就会烈火熊熊。如今我们都这般年纪了，他还是……来来，喝酒，干杯，有时候，我真不知道该怎样应付他。

　　无疑，这是女校长对往昔岁月的缅怀，但又何尝不是某种故意的炫耀呢。

算啦算啦，不说他了。说说你吧，我后来才听说你去了美国。

是的，我生下了我的女儿。

哦，我想起来了，你后来好像休学了？

后来我不想再读师范了，生下女儿后，就去了美国。

我以为你女儿是在美国生的呢。那么孩子的父亲是做什么的？也和你一道在美国？

没有，后来这个人就来去无踪了。

那你一个人抚养女儿？

一开始确实很艰辛。那时候我们没有钱。读书期间还要打工。但现在衣食无忧了。她可能也会在国内工作一段。

来吧，现在我们的生活都好了。这杯酒是我代他敬你的，真要谢谢你，没有你，也就没有他现在的状态，当然，也就不会有家里的安宁。

你不要这么想，他本来就才华横溢。

反正他自从见到你后就变得很勤奋了，白天黑夜地泡在书房里。文字就像是刹不住闸的流水，滔滔滚滚。你到底有着怎样的魅力？能让他如此甘心情愿地为你卖力？

他并不是只给《霓裳》写文章……

不不，你还是没懂我的意思，我是说，是你的发现彻底改变了他。所以你是他的恩人，也是我的……

你千万不要这么想。我觉得那是他自己的悟性。

那你觉得，他未来会发展成什么样？

那，那要取决于他自己。

你觉得他是不是很风流？

女主编愕然。

就你和他接触的这一段。

女主编想了想，然后说，如果，如果按照你刚才说的，他这个人当然很风流。

那么，那么你觉得有一天他会离开我们吗？

女主编蓦地一阵惊慌，不知怎样作答。尽管她一直小心翼翼避开关于作家的话题，但最终还是被女校长套住了。她觉得女校长一定是知道了什么，或者至少是感觉到了什么，所以她是在抽丝剥茧，层层递进，哪怕捕捉到一丝一缕的蛛丝马迹。

我觉得，他，他或许不会离开你，但也不是没有离开的可能。要知道，这个世界已经不是我们原先的世界了，什么事情都可能发生，也可能不发生。所以，我从来不想两个月以后的事，我的杂志也不像其他杂志那样，半年前就开始准备半年后的版面。当然，离开或不离开都将取决于你们自己，只要你们都珍惜你们的家庭。

女主编眼看着女校长仓皇的脸。其实她并不想伤害她。她只是不喜欢这种拙劣的咄咄逼人的架势，当然，她也绝不会轻易放弃自己的爱情。但是不放弃并不意味着她就要和作家结婚。对婚姻，她早就失去兴致了。她只是偶尔需要他给她带来的性爱，当然他们也是最好的异性朋友。她希望他们能将这种异性朋友一直做下去，做到地老天荒。生命中能有一个这样的异性朋友就足够了，她并不想永久地占有他。

女校长突然话锋一转，大谈起中学生的早恋，愤怒之情溢于言表。她说现在连初中生都开始恋爱了，真是世风日下，有的还未婚先孕生下了私生子。这些孩子完全不懂得自尊自爱，接受的也全都是社会上那些不好的影响。恋爱就那么重要吗？比学习还重要吗？比做人还重要吗？所以我作为校长当然不能坐视不管，要不遗余力地维护我们这个民族的优良传统，这是使命。我会像一个卫道士那样把好中学这扇门，教育好我们的下一代，除非整个社会都堕落了……

不知何时响起门铃声，她们都没有听到，直到房门被敲击出"咚咚"的响声。

谁呀，这么晚了，女校长气哼哼地走向门口，显然还带着不知道什么时候纠结的怨气。你？你怎么回来了？

会开完了，就回来了。不然，我走？

开什么玩笑？家里有客人。

客人？我不在家，你就请客？孩子们呢？

儿子要准备婚礼，女儿去了外婆家。

什么客人，这么神秘，作家一边说一边朝里走，我不会影响你吧，是谁……

作家突然不再说了。想不到餐桌前站起来的那个女人竟是她。于是陡然产生一种危机四伏的感觉，他立刻觉出妻子的不怀好意，但眼睛里还是冒出了热烈的光。那是一种不期而至的惊喜，毕竟，他在想不到的时刻竟然见到了她。

这一切全都被校长看在眼中。她尽管学业平平却极为聪明。或者这就是作家为什么会娶她，她永远都知道为人行事的尺度，尤其在丈夫面前。她不动声色地退进了厨房。她说谁能料到你会突然回来呢，幸好我多做了几个菜，你们先聊着，我去给你热饭。

她这样说着，厨房里传出煎炒烹炸的声音，伴随着弥漫的油烟味，她关上了厨房的门。但她仍能依稀听到客厅里的谈话，但有时又仿佛什么都听不清，就好像穿越崇山峻岭时不稳定的手机信号。她当然知道这种沉默的瞬间最为可怕，她知道有了这样的瞬间就等于是，有了问题。

只是，在厨房里，她没能看到那些停顿的瞬间，但她相信那情深意切的瞬间是有的。第一次，他们迫不及待地握住了对方的手；第二次，男人把女人紧抱胸前；第三次，他吻了那女人就匆匆离开了。然后，女校长听到了男人上楼的声音，也听到了楼上淋浴间传来的哗哗的水声。她只是没能看到男人那鼓胀的欲望，但是她确信那欲望是存在的。

接下来的晚宴因为男人而变得活跃，女主编的在场无疑让他格外兴奋。他不仅谈锋犀利且妙语连珠，让情人和妻子不得不折服于他谈笑自若的才华。他高兴是因为在无所期冀的时候有了期冀。他对她的爱和思念从来就没有停止过，但凡有机会他就不能不亲近她。在晚宴终于结束的时候，女主编说，太晚了，我必须走了。

24

于是男人站起来送她。他不单单把她送出家门，还要把她送到汽车上。而汽车停在很远的那条街上，所以顺理成章，他怎么能让一个女人走那么漆黑的夜路呢？

然而首先提出送女主编回家的竟然是妻子。她指着餐桌上的杯盘狼藉，做出歉意的样子。她只是把他们送出了房门，门外是那条午夜幽深的小路。

然后就有了暗夜中那悄然的行走。妻子打开水龙头，故意让自己听不到那夜的寂静。他们要走出很远很远，转弯时才不再被看到。她到底还是禁不住走上二楼平台，眺望夜色中的夜行人。他们明明知道依旧在那座房子的视野中，但还是身不由己地抓住了对方的手。于是妻子终于看到两个影子并在了一起，她想哭，却是流不出眼泪的那种忧伤。

他们终于走出了那条静谧的小街。那么酣畅淋漓地，他们终于紧紧地抱在了一起。她就什么也看不到了，但她可以想象。他们怎样坐进了她的汽车，在后排，做他们想做的那一切。她想象着，后排的坐椅就像是娼妇的床。奸夫和奸妇正急不可耐地劫掠着对方。然后是喘息是呻吟是释放而后是缱绻柔情，那一刻他们根本无从顾及别人的伤痛。

男人在回家的路上慢慢地走。他想让身上残留的气味尽快散去。他知道自己身上不仅有精液还有女人的香。他在意这些，却也不必刻意解释。想到要解释，他便自然而然地想到了自己的老婆。

此前他曾经一度以为自己不行了。他将此归结为让他变得毫无感觉的妻子。她冷漠，死板，僵尸一般地生硬，再加上孩子们的诸多干扰以及她日益紧张的工作。于是他们越来越少，乃至于无，进而不再合睡在那张曾海誓山盟的大床上。女主编的突然出现让他恍若隔世，他怎么会和中学校长那样的女人生活了大半辈子，却毫不自知。人生最美好的年华就这样白白浪费了，他的生命不仅要减去"文革"十年，还要减去这毫无价值的婚后二十年。

这些是男人在回家的路上慢慢想到的。那寂静的长街和长夜，他恨不能永远走不完这条凄清的路。他不是在想念刚刚离开的那个女人，完事后他已经不再那么强烈地牵挂。他觉得他自己的人生是需要认真反思的，而他的人生自然就离不开他的老婆。此刻他不知女校长在想些什么，更想不出她到底为什么要把那女人请进家。如果依她所言，她只是为了感谢，那么女校长应该也不是一无是处的。

回想起自己斑驳的人生轮廓，女校长可谓无时无刻不在他的生活中。她最坚定的信念就是，爱他，那么接下来的任何事件就都是可以解释的了。首先她没有因他的沦落而把他赶出家门，她承认他追求自由言论的行为是正当的。她甚至给了他一个自在自为的空间，无论他做什么，怎样做（当然也包括他爱上别的女人，她也会认为是正当的），她从来都没有指责过他。

其次，她身为校长，自然德育至上，她总不能号召她的学生个个都早恋吧。而且他们的两个孩子都被她调教得明朗而健康，在这一点上，他作为父亲几乎是失职的。

　　第三是她作为女人从来给男人面子，这对于作家来说格外紧要。一个男人独立在世，他总不能让老婆处处掣肘，让他颜面扫地吧。他知道，她对他的婚外情绝非全然不知，他甚至觉得她已经猜出了他爱的那个女人就是女主编。但她却通情达理地从不捅破那层窗户纸，足见她有怎样的城府，抑或承受着怎样的折磨。他觉得这就是她给了他面子，当然，也就等于是，她给自己也留了面子。

　　显然她是在乎自己的男人的，或者说，哪怕她已经失去了他，她也要在表面上维系这个在外人看来完美无瑕的家庭。她当然不会揪住什么就不依不饶，大打出手。他知道她是个有尊严的人，哪怕是虚伪的尊严。她也不像一些人说的，是那种友善外表下极其恶毒的人。她只是为了保护自己，进而保护她和孩子们的所谓美好的生活。

　　然后这暗夜就飘起了淅淅沥沥的小雨，像雾一般，迷迷蒙蒙地飘洒在男人身上。那种润物细无声的湿润，竟湿润了男人的眼。仿佛良心发现，他突然很想回到老婆身边了，哪怕早就与她同床异梦。那舒服的午夜细雨的味道让他不禁加快了脚步。

　　他进而大胆设想他们的未来，他最终会像娜拉一样走出自己的家庭吗？他想到这些不禁浅浅忧伤起来，他知道海誓山盟、浪漫是一回事，而长相厮守，不离不弃，就是完全不同的境地了。

　　眼下的这段情感尽管热烈而美好，但多少还是让他略感沉重，时时徒生莫名烦恼。他并不确定他们能否真的走到一起，又能走多长。就算是他们终于如愿以偿，就一定幸福吗？而且他觉得他和那女人的关系中有着太多的肉欲，以至于迷惑了他们之间情感的真实。他不知一旦有一天当热烈的情欲消散，他们是否还会像今天这样不离不弃地爱着对方。他甚至不能想象当女主编处在妻子眼下的境遇中，她能否做到像妻子那样沉静而通达。

是的，想到这些他不禁怀念起妻子来。他觉得他甚至喜欢她作为中学校长的那份严谨的做派。他想到这些时不禁心里发笑，甚至笑出声来。是的，他就是可以不负责任又自由自在地生活在自己家中。就这样，像亲人一般地生活在同一屋檐下，被关照着，而且这关照是无条件的，无论你们是不是已经不再相爱。

他用钥匙打开房门的时候没看到妻子。他用毛巾擦干了湿淋淋的头发。他突然不知道自己该做什么，或者跟妻子说些什么。他有点不知所措地在客厅里转来转去，仿佛需要某种救助。于是，女校长从楼上发出的声音适时传来，她说淋了雨，你该洗个热水澡，才不会生病。

他于是盲从地追随着女校长的引导，就仿佛他是她的中学生。

没有更出格的要求，她只是让他洗一遍澡。

第五章

蓼蓝的脸苍白而疲惫。大概眼圈也是黑的。照相机伸出的镜头对准她。然后"咔嚓"一声，她一直喜欢按动快门时的那种响声。她审视照片中的那个女人，问对面的高个子男人，你觉得我真有那么难看？

男人的脸靠过来。几乎贴到了她的鼻子。他说你干吗总是折腾自己？我知道你有自虐的倾向，却不知你竟是自虐狂。

蓼蓝将照片贴在办公桌前的隔断上，说这下就可以警醒自己了。

你到底挣不脱小女人的襟怀。男人很亲昵地拍了拍她，说可心疼你了，但说了也白说。然后男人风一般旋去，让人有了种莫名的凄惶。仿佛他再也不回来了，那么丢下她又该多么孤单。

就像花丛中的蜜蜂。

蓼蓝想也不想就知道，这声音出自对面老女人之口。她有点愤恨地看着那个正假装埋头整理文件的女编务，您是说他？

老女人从老花镜的后面望过来，你不觉得吗？这个杂志毁了他，包括他妻子。

他拍的模特被公认是最好的。

但他离他的家庭却越来越远了。

他和他妻子彼此相爱。

表面上看是这样的，但表面又能说明什么呢？你和你丈夫难道不真心相爱吗？

您什么意思？您不议论别人就没事干啦？

蓼蓝本来就满心愤怒，老女人的指摘更让她怒火中烧。其实蓼蓝对她并没有什么特别的成见，她只是对她说出的每一句话都本能地反感。她永远都不知道这女人的葫芦里到底卖的什么药，仿佛每一句话都话里有话，暗藏杀机。

我只是尝试着透过表象，老女人摘下她的老花镜，是的，透过表象看到内里，当然，他人好，又英俊帅气，所以也就在所难免……

您到底什么意思？

你说呢？

电话铃蓦地响起，蓼蓝立刻抓起话筒，你在哪儿，昨晚怎么不打电话？但紧接着又像泄气的皮球，顿时没有了刚才的亢奋。电话中传来女主编明快而果断的声音。蓼蓝有点失落地放下电话，站起来对女编务说，老板找我。

是的，老板找我。有了这句话，女编务才肯放行。她似乎饶有深意地对蓼蓝说，很可能她想让你认识她的女儿。

她女儿不是在美国吗？

一个非常出色的女孩。不仅学识高深而且聪明漂亮。女编务这样说的时候，那种骄傲的神态就仿佛在说自己的女儿。

不过蓼蓝很快就见识了女编务的评判。果然是一位亭亭玉立的女博士。虽然此前蓼蓝已无数次从主编那里听说过她，但见面后还是能感觉到她的出类拔萃。于是某种身不由己的自惭形秽，尽管那漂亮女孩非常友善地拥抱了她。而蓼蓝此时此刻却是苍白而晦暗的，甚至带着某种焦虑。她无法让自己明丽起来，更无从驱赶身上的恶浊之气。她因此而觉得自己对不起眼前这个阳光般的女孩，她于是也说不出什么能让主编和女孩受用的话。

她只是有点惶惶地站在那里，慢慢地，脸上冒出来一层细密的汗珠。

倒是美国来的女孩从容不迫，将一瓶经典的香奈儿香水送给了蓼蓝。她说，那是她特别喜欢的香水，是那种需要一层层释放的龙涎香和花的香型。蓼蓝有点僵硬地接过礼品，说她从来没用过香水，她丈夫好像不喜欢。然后就又不知所措地站在那里，紧紧抱着已经属于她的那个被包装得典雅辉煌的礼物。

很淡雅的一种香味，我想他会喜欢的。

我，我昨天晚上没睡好觉。蓼蓝不知道为什么想要说这些。是的几乎彻夜无眠。她有点羞愧地看着女主编。

我也几乎彻夜没睡，女孩友好地应和着，坐飞机，飞机又晚点……

但你却依旧那么灿烂，就像春天里那些妖艳的野花。

女孩立刻睁大眼睛，怪不得妈妈总是说，你是诗人。

蓼蓝立刻意识到她的比喻不得体。我是说，你就像春天里那些烂漫的野花，而不该用妖艳来形容……

妖艳也没有什么不好啊？妖艳就意味着某种性感，和一个人的品质没关系。

坐吧，蓼蓝，主编说，你们聊聊天。她刚刚回国，谁都不认识。你们几乎是同龄人，你们一定会彼此喜欢的。

然而蓼蓝没有坐下，她说这一期的校样刚刚送来，我得抓紧看。然后又说，她在等一个电话，她丈夫的电话。离开后才意识到她是在画蛇添足。

蓼蓝终于回到自己的办公桌前。两只手心仍旧汗涔涔的。她把主编女儿的香水塞进桌角，大概是不想回忆起刚才的尴尬。她抬头，便遇到了女编务不屑的目光。不知道为什么，蓼蓝突然嗔怒。她大声说，是的，我就是不如她，你满意了吧？老女人立刻做出息事宁人又居高临下的姿态。她没有搭腔，更不曾反诘，只是无奈地摇了摇头，就当蓼蓝发神经病。

蓼蓝慢慢安静下来，她才开始检讨自己。但无论怎样思前想后，她还是觉得和主编女儿在一起时就是不舒服。尽管她那么友善，送她礼物，甚至迁就她，但就是不舒服，甚至有一种，被侵犯的感觉。蓼蓝不知道怎么会得出这样的印象，但就是这样，她觉得自己被侵犯了。当这个近乎于荒谬的结论逐渐清晰起来，连蓼蓝自己都不敢相信。

第六章

摄影师终于回到餐桌前。他依照桌签找到了自己的位子。在他和蓼蓝之间，隔着他妻子。他在妻子身边安静地坐了一会儿，但似乎并没有什么要说的。于是摄影师将目光转向蓼蓝，隔着妻子和她讲话。漠然的妻子始终直视前方，一言不发，仿佛一道阻隔他们的冰冷屏障。

但摄影师好像并不在意妻子的感觉，只是把刚刚拍摄的那些照片一张张回放给蓼蓝看。他一边放送一边讲解，他是在怎样的角度，用什么样的光线拍下这些照片的。

他们就这样隔着妻子不停地交谈着，直到被夹在中间的那个女人终于站起来和丈夫换了座位。她或许对摄影艺术早已了无兴致，或许对丈夫的喋喋不休已经厌烦至极。在交换位子的过程中，她竟然一句话也没有，足见他们夫妻间怎样地理解和默契。

于是摄影师坐到蓼蓝身边，更加兴奋地向她展示各种画面。显然其中一些照片是偷拍的，但他立刻解释说，是抓拍。他必须抓住所有稍纵即逝的瞬间。那是我吗？蓼蓝忽然看到了自己。你在跟踪我？怎么可能，是镜头偶然捕捉到的，不过，那一刻，我一定是觉得湖岸很美，岸边的女人也很美，就拍了下来。看，这几张也是出于偶然。摄影师示意蓼蓝离他更近些。

林间。是的，林间空地上斑驳的阳光。他们手拉着手行进着。因为动态而人影模糊，几乎辨认不出他们的容貌。摄影师说这是近景，而我故意将焦距对准了远景。透过丛林，告诉我，你看到了什么，看不清楚？好吧，我们来放大……

草坪上，正在忙碌着的作家妻子。是的那个中学校长。她为什么突然停住了，又在凝望什么？下一张，再下一张，你仔细看，这个瞬间她和前景中的那两个人出现在了同一个画面上，而她所凝视的方向，刚好是湖岸那两个重叠在一起的身影。

你的镜头太可怕了，就像雷达。蓼蓝不寒而栗。

我的镜头只是说出了真相，是真相就迟早会曝光。

你不会敲诈勒索吧？蓼蓝认真地看着摄影师。

欢声笑语中，新婚夫妇前来敬酒。这时候他们已经换上了中国式的婚礼服饰。这或者就是东西合璧的好，可以穿了这样又那样，交相辉映。大红的旗袍花团锦簇，真美，美到了林徽因那个花样的年代。无论她出访英伦还是留学美国，哪怕加拿大的婚礼，她也要穿上自己的中国式的新娘礼服。

怎么忽然就不写诗了？摄影师突兀地问蓼蓝。

读过策兰的诗吗？哦，你当然没读过。

这不是你不再写诗的理由。

三十岁的诗人，就等于是僵尸。这是现实。

你不再写诗，你也就不再是你了。

蓼蓝认真地看着摄影师，你这样想？

你丈夫，对吗？他令你沮丧？

蓼蓝沉吟，然后说，你觉得如此冷落你的妻子，就好吗？

她更自在。你不觉得吗？她讨厌和陌生人说话，甚至我。

你也是陌生人？

难道不是吗？你，还有你丈夫，你能保证你们就没有同床异梦过？

你什么意思？蓼蓝嗔怒。他从不曾移情别恋，我，我有什么必要和你说这些？

蓼蓝突然站起来，隔着摄影师向那个落寞的妻子举起酒杯。她将杯中血样的浆液一饮而尽，然后低声对摄影师说，我是在报复你恶毒的揣测。

女校长忽然来到蓼蓝身边说谢谢你能来，让我儿子的婚礼顿生光彩。蓼蓝一时不知如何作答，女校长又莫名其妙地抱住了她的肩膀。她说她刚刚查过了字典，因为她喜欢蓼蓝的名字。一种植物，叶片中灌满蓝色的汁液。灿烂时会开出淡红色的小花，于是又称蓝或莛草。总之很美，就像你的淡然。不像那个张扬的女人，谁知道她到底叫什么？无非伊丽莎白、凯瑟琳之类，你了解那个女人吗？

您说谁？蓼蓝本能地小心翼翼。她感谢女校长查明了她的出处，却不喜欢她近乎恶毒的是非。

还能有谁，你们老板的女儿呗。

蓼蓝遍寻不见那年轻女人，她记得刚才恍惚看到过她的身影。她健康而明媚，蓼蓝说，这是我对她唯一的印象。

社会上就是有一些这样的女人，她们总是能游刃有余地穿梭于男人的感情世界。她们有钱有学历，有房子有车，甚至，美丽而优雅，但她们却是比毒蛇还要毒的娼妇。知道她们想要的到底是什么吗？就是觊觎别人的丈夫，直到把那些有家的男人……

女校长说着不禁哽咽，她尽管没有明说，但蓼蓝却已经感受到了那种切身的悲切。在如此激烈的情绪中，蓼蓝突然觉得紧张。那么，蓼蓝终于想起她要说的话，您是说，茳草也是蓼蓝？

这就是现实。很残酷。我们这些良善的女人，谁都逃不过被那些荡妇当众羞辱。

蓼蓝这种草本植物……

要记住，绝不能相信任何女人，哪怕她是你的同胞姐妹。

是的，这种植物还可以入药？

这时候女校长竟早已潸然而去。

亦可以当做蓝色染料，所以，蓼蓝才又被称做蓝。

女校长的背影凄然而苍老。她在婚礼的人群中寻寻觅觅，大有凄凄惨惨戚戚的状态。她一定是觉得自己已经被当众羞辱了，于是她开始拼命寻找她的丈夫，却又无论如何不见他的踪影。同样找不到的还有女主编，尽管她们曾同窗数载却不能同心同德。女校长进而放下手里的一切甚至儿子的婚礼，只要能找到丈夫和丈夫的情人，哪怕破釜沉舟。因此她讨厌这川流不息的应酬。她一刻见不到丈夫就一刻不能安心。她已经等不及捉奸的那一刻了。她决心亲手抓住他们鬼混的罪证。

要做到这一切谈何容易。与其将他们的罪恶大白于天下，毋宁将这一切悄然隐匿。女校长若明理就该翻然醒悟，不再追讨，哪怕仅仅是为了她儿子的婚礼。

蓼蓝不知这段话来自何方，她抬起头，刚好看到摄影师正在草坪上为新人拍照。在新郎和新娘中间怎么会是作家和女主编？仿佛他们是这对新人的父母。而真的母亲此刻竟站在摄影师身边，从脸上的愠怒中灿烂出古怪的微笑。

摄影师最先意识到女校长没在画面中，他便立刻让她加入合影的队伍。女主编恍若大梦初醒般退出合影，却又被女校长假惺惺地拉了回去。

如此虚情假意，就像表演。

蓼蓝回过头才意识到，刚才的那段话也出自摄影师的妻子。她们依然隔着摄影师的那张空椅子，却互不相望，更不想聊天。

她们失了男人，黯然神伤。摄影师的妻子自说自话，或者也是说给蓼蓝。由于无以慰藉那漫漫长夜的寂寞，她们也渴望爱，渴望男人的缱绻柔情。于是就像女校长刚才说的，这些美丽而高贵的觊觎者，她恨透了她们。

蓼蓝转过头，望身边的女人。她修长的身材和修长的脸。一种独特的冷并残酷的优雅。蓼蓝忽然觉得这个女人是看不到的，如缕如烟，就像已经灵魂出窍的女巫。

我读过你的诗《天空没有颜色》，为什么不写了？

当抓住了现实，诗就变成了一团废纸。

让诗情从指间流走，或者，在做爱中消亡，不可惜吗？

蓼蓝茫然。

你知道你失去的是什么吗？而做爱，又那么肮脏。

蓼蓝又一次不知道该怎样作答。她或者想说，做爱并不肮脏，肮脏的是，自己的男人和别的女人，在床上。

所以我们不再做爱，分床而睡；又分睡两个房间。

她为什么要说这些？

我们甚至不再相爱，尽管，看上去相濡以沫。

摄影师从未披露过他们的恩怨，为什么她要这么坦诚？她如此无情地剖白自己，而蓼蓝，之于她几乎是个陌生人。

婚姻也会进入瓶颈，不以人的意志为转移。

蓼蓝不知该怎样应和。

淡淡的，就像，林花谢了春红，就像是，凋敝枯萎，就像是，死了。

而我，蓼蓝终于不再沉默，我只是想知道我的男人和别的女人做爱，是为了自身的需要还是出于某种无奈？是为了满足自己，还是满足对方？即是说到底是自己想要，还是别人想要……

停顿。摄影师的妻子遥望远方。然后像女巫一般地缓缓道来。就算是为了别人，最终也还是为了自己。在满足别人的同时，很可能就获得了某种利益。除了快感，一定还有别的什么他想要的东西，于是快感就产生了价值……

女人就那样平静地说着。残酷的现实在委婉中绵延流淌。温暖的夕阳下她依旧那么美，一种冰冷的美。就像徐志摩非要把佛罗伦萨称做翡冷翠。于是让这座城市蓦地就忧伤了起来，那翡的冷的翠，那欲滴的却已化作尘埃的往昔。

应该知道，你丈夫想要的到底是什么，以至于非要通过做爱方式来获取……

摄影师回来的时候很兴奋。他下意识地在妻子的头发上吻了一下。然后他坐回到蓼蓝和妻子中间，检视他刚刚拍完的那些照片。他显然对两个女人之前的对话一无所知，于是他显得尴尬而隔膜，甚至有一种被孤立的无辜和可怜。而他的妻子则一如既往地对他的任何举动不闻不问。

桌子对面的年轻女人突然站起来。所有的目光全都朝向了她。不单单因为她是主编的女儿，而是她站起来的那一刻确实翩若惊鸿。看得出她刚刚接到的那个电话让她无限惊喜。她转身朝青绿的草坡怡然而去。

第七章

　　如果真是因为学术腐败，如果真的想归隐山林，那么我尊重你高洁的志向，为此我宁愿只做副教授的妻子。我也可以和你一道沉沦，可以不再写诗也不再读策兰和徐志摩。为什么疯狂的爱者都死于非命？志摩执迷不悟，殒命于空难。暴风雨。在暴风雨中飞行仅仅是为了那个挚爱的女人。同样的罹难者还有戴笠，他也不顾一切地在暴风雨中前行，就为那个漂亮的女明星等在上海。而策兰为什么要蹉跎年轻时的爱，却要在爱而不能的日子里偷情？鸢尾花？是的，为什么是鸢尾？那盘旋于高空的鹰，雄鹰。那么，鸢尾就是鹰的尾了？那鹰尾一般的残忍的花。

　　他打来电话说他在波士顿。他本来用不着告诉她。但他还是打来了电话，话语之清晰就仿佛在同一个城市。声音中那种莫名的亢奋，那是能听得出来的某种欢愉，就仿佛刚刚被注射了吗啡。他说在这样的国际会议中怎样如鱼得水，而已久的沉沦简直令他不齿。他怎么会突然有了如此高蹈的反省，那几乎做爱一般激荡的语调。那一定是他自己所不知的，否则他怎么会如此一路高歌猛进？而她却远隔大洋听了出来，她觉得他几乎变成了另一个人。那高亢经久不息地持续着，仿佛由荷尔蒙转化而来的某种人生的态度。而这转化的动因他或许毫不自知，为什么突然之间就积极了起来？

不久之后的某个时刻，他抑制不住地告诉妻子，新来的外语系主任是海外招聘的，据说在国际上已经很有知名度。妻子没有追问新上司的种种，她觉得这和她毫无关系。但她却意识到这个人的出现，很可能就是丈夫转变的直接动因。

一个涉足于欧美学术领域的学者，必然会把国际上健康的学术氛围带回来。便是在这种清明的学术风气下，他决意痛改前非，展露才华了。他原本就不是那种庸常之辈，只是世风日下，唯其洁身自好罢了。而既然新的主任带来了新的风尚，又对他寄予拳拳厚望，他又怎么能不投桃报李呢？

如此，妻子竟也被丈夫蓬勃的心气所鼓舞。她觉得能回到一种昂扬的生活状态中也没有什么不好，至少这种清朗明澈的日子是令人舒畅的。她其实并不喜欢总是被笼罩在晦暗压抑的气氛中，仿佛已经被埋了半截，那种迟早有一天会窒息而死的阴影。于是她觉得连家庭的生活都有了希望，而且她喜欢看到丈夫又开始伏案疾书了。无论清晨还是夜晚他都埋首书桌，有时候书房里的灯光就干脆彻夜明亮。

只是伴随着生存理念的变化，丈夫在家的时间越来越少。他开始频繁光顾外面的世界，除了授课，带研究生，还要参加各种名目繁多的学术研讨会。并且开始痴迷于这种学术的方式，不同的城市、不同的大学、不同的话题以及不同的学界人士。为此他甚至连自己一向孜孜以求的教学都敷衍了起来，以至于他的学生们开始对他感到失望。

很快这种周旋式的学术交流不再囿于国内，在系主任的多方运筹下，他们开始走出了国门。而系里派出第一个出席国际会议的学者就是他，谁都知道，那是新来的系主任毫不犹豫的选择。于是某种成就感让他越发地高昂起来，他甚至决心找回被他浪费掉的那些光阴。而且他信心满满，信誓旦旦，不仅要研究出世界瞩目的学术成果，还要成为他曾经极为不屑的博士生导师，也就是要拿到被他淡忘已久的那个正教授职称。

这或者就是在这个深夜，她为什么接到了从波士顿打来的那个亢奋的电话。她觉得自己已经被他欺骗良久。那亢奋的语音，其实并不是为了慰藉远方的妻子。

如何用英文而不是用中文来描述那位新来的系主任？英文中 she（她）和 he（他）在发音上是不同的，她可以很容易就辨清性别。但她从丈夫那里听到的"他"或"她"却分不出性别，为此，她要在迷雾中穿行很久。或者，丈夫故意用这种方式迷惑她，或者他根本就没把这当回事。男的还是女的有那么重要吗？只要对方倡导的学术是清明的，只要对方有着自由之思想、独立之精神。

在没有将 she 和 he 辨别出来之前，她对她丈夫确实寄予了很大的希望。她喜欢他每天潜心研究，积极进取，哪怕生疏了他们之间的床第之欢。那时候，她只一味地沉湎于对浪子回头的欣赏中，对"回头"

的动机也不曾有过哪怕一丝的疑虑。她甚至记不清自己是什么时候开始怀疑的，那个深夜？是的，飞机晚点，坏天气，他打来电话。于是她辗转反侧，夜不成寐。想到了志摩、戴笠，暴风雨，以及夜航的迷茫。想到这些她自然不寒而栗，于是她坐起来，就那样坐着，直到，她终于听到钥匙在锁孔里发出的那么委婉的转动声。

她光着脚光着身体跑到门廊去迎接他。她让她温暖而柔软的身体投入到男人的怀抱中。她单纯极了，全身心的，什么也不曾想，只要能融化在男人的渴望中。也是第一次，她在男人的身上闻到了女人的气味，那种香水的味道。

那一刻，她真的融化了，融化在她难以想象的绝望中。是的她仔细辨别着，这味道究竟从何而来。那是种需很近很近才能闻到的穿透性的，女人的味道。她忘记了谁曾说过，这个世界总是有觊觎者。她们就躲在那些有着缝隙的门后。是的她们就躲在那里，窥探着，然后伺机侵入。而这些人，就是这个家庭最危险的敌人。

那女人，是的，那淡淡的香，让她第一次觉到了她正在经历危机。哪怕只是某种残留，也已经渗透进男人的肌肤。她无需弄清 she 还是 he 了，她已然得知了那一切。她知道在投入男人怀中的那一刻，自己就已经被打进冷宫了。

她不是一个有城府的女人，却也没有立刻发作。她只是怀了很深的悲哀，为夜归的男人准备夜宵。

然后他抱着自己的女人睡下。她却久久不能平静。月夜下，她看着男人苍白的脸。喘息中所透露出的疲惫不堪。他当然不会在意肌肤中那浓艳的残留物，但她知道，她坚信那个女人也知道。

第二天，她打电话到机场，回答说，昨晚并没有航班晚点。

于是带着苍黄的脸和黑眼圈坐在办公桌前。她说她开始失眠了。她说失眠的时候就想自杀。后来她经常把自杀挂在嘴边。她忘记了昨晚刚刚想好的卷首语，她只是想，这个男人，这个自己的男人，他到底是出于自身的需求，还是遭遇他人的强迫？他到底是心向往之，还是身不由己的被逼无奈？他为什么要让那个女人碰触他，又为什么要竭尽全力地满足她？他如此洁身自好，又怎么可能任人宰割？或许他太想要那个博士生导师的头衔了，他不止一次地这样感慨过。他于是急功近利，哪怕出卖他的精液。他就是要它们滔滔滚滚地流进那个女人的通道，只要，只要能换回他的荣誉。

从此就有很多寂寞的长夜。她觉得自己仿佛回到了《古诗十九首》的年代。她凭栏远眺，那望不尽的江水。很多雨夜，雨打芭蕉，那寻寻觅觅，凄凄惨惨。后来，她让这些长夜变得很凄婉也很享受。她就这样为自己制造了一个被遗弃的悲惨世界。她让自己痛苦悲伤甚而生不如死，并且她不遗余力地为自己描述着，她的男人，怎样推开酒店房间的门，怎样拥着那个给予他利益的女人走进来……

或者那女人并不曾给他利益，她只是把他从躺倒的姿势上拽了起来。她一定从第一眼就确认了他的可堪造就，就如同她，第一眼就认定了这是她的男人。于是从第一眼就决定了要委身于他，在酒吧昏暗的拐角处，那一发而不可收的激情。是的从第一眼她就离不开这个男人了，哪怕他潦倒颓丧，苟且失意，她还是一如既往地爱着他。他们几乎立刻就结婚了，甚至来不及告知挚爱亲朋。他们之所以要这个婚姻，无非是为了从此能自由自在地做爱。她觉得单单是为了做爱，这婚姻就值了。哪怕只有在做爱的时候，他凝固的血才会变热。

然后他结束了那个越洋的电话。但那种亢奋的感觉仍旧余音袅袅。她猜想，在那个遥远的国度他们一定住在一起，无需像国内那般租住两个房间装样子。他们要苦苦等到夜深人静，直到走廊上不再有往来的熟人。然后他们说些什么，或者，什么也不用说，只需交换交配的气味。大自然造物大抵如此，只需凭靠本能，爬上去……

她只是不知道第一眼的那一刻，那女人是不是也有着鹰隼一样的目光。她或者天生就具有猎人的眼光，从此死死盯住狩猎的目标，直到他成为她的战利品。

那些衣物被扯得精光，于是男人被调动起来。就如同被调动起来的学术热情，遍及身体的每一寸肌肤。是的，到处是快感，到处是激情，到处野兽一般地，动。

这些富裕而优雅的、事业有成却独居的女人们。这些，不属于也不想属于任何男人和家庭的、自由的女人们。成功和优越感让她们难以找到与之匹配的男人。但她们要男人，那些精英，哪怕他们是别人的。她们才不在乎她们想要的男人是不是别人的。她们对此毫无顾忌，只要能在心爱的男人面前裸露自己，只要，能用肉体换来精神的愉悦。不，那并不肮脏，只是某种需要。那一刻哪怕妓女一般地诱惑，哪怕低三下四，哪怕低到尘埃里。只要能满足那难耐的寂寞，只要……

是的，只是要，只是要，那个酒店的女人。

在酒店里，是那个女人在主宰一切。是她将欲望和饥渴发泄在这个自己选定的男人身上。是她在无休无止地玩着这个爱和欲的游戏。是的没有道德底线，更无须知道这个男人是否有家。是的她只要这一刻，只要，酒店时光。这一刻这个男人只属于她，抑或，她要的只是这一刻的男人。她将他带到这个远离家庭的豪华酒店，就为了在这里随心所欲。她只要高潮，只要他们在一起的日日夜夜。她不管他是否迟疑，是否还有对家人的牵念。她只要慰藉，只要灵肉相依。为此她宁可被蹂躏践踏，宁可他把她当做最下贱的妓女。

但是，为什么，如此亢奋？那温暖而诙谐的语调就仿佛，她是他正在勾引的情人。然而，为什么，被推开的，不是自己的家门，而是酒店陌生的房间？为什么，他非要走进那幽暗的处所，非要将那个如丝如缕的身影拥入怀中？

她不害怕男人因此远离。她要的只是瞬间的欢愉。为此她宁可将自己沉沦于妓女与嫖客之间简单而迷幻的交换关系中。因为，她知道，在某种意义上感情就意味着失去独立和自由，乃至于尊严，而那，又恰恰是她心所不愿的。

男人为什么要走进女人的房间？有动作就必定有目的么？那他的目的又是什么呢？爱那女人？想要她？还是，回报她？

是的，她不是正在为他申请正教授吗？她不是正在将他的文章拿到国际学术刊物上发表吗？她不是许诺提拔他成为她的助手吗？那么，他还有什么理由不被她俘获呢？

是的，她已经为他争取了那些他曾经不想要的东西。当他真正拥有了这一切，才赫然发现，原来他是喜欢这些的。于是，得到了自己喜欢的东西他当然要知恩图报。用他所能够给予的，身体和精液。这对于一个男人来说可谓举手之劳，何况她并不要求将他占为己有。

于是他放松下来，任凭云雨之欢。而他刚好又是追求完美的人，于是让交欢的每一个细节都尽善尽美，让做爱的每一个瞬间都深入骨髓。如此，悄然地，女人开始离不开男人。她甚至只要看到他就想要他，就想立刻和他上床。他们便这样缔结了一种纯粹的关于性的神圣同盟，甚至摒弃了她和他原先的那种利益的交换。于是他们越来越迷恋出差迷恋研讨会，是因为他们越来越迷恋做爱，迷恋灵肉相依。他们所到之处便必定风生水起，山呼海啸。有时候又如涓涓溪流，环绕着那长歌过后殷切的短吟……

在大洋的这头，她想象着，美利坚那片自由的天地。只是想想而已了，她知道她将永远不能真正看到。她于是沮丧，以为丢了魂灵。她并不知道那女人不想永远占有她的男人，所以她像那些焦虑不安的妻子一样，终日过着可怕的岌岌可危的生活。她觉得那个酒店女人就像毒瘤，已经附着在了他们这个病态的家庭中。那是种看不见的病灶，却足以致命。她已然感觉到了那暗潮涌动，而对于任何一个充满危机的家庭来说，都将是一场打不赢的战争。

第八章

　　似乎任何人的不幸对她来说都是一种幸福。她便是在这诸多不幸中慢慢找到了自己的快乐。而蓼蓝近来的不幸刚好就成了她的目标，于是用幸灾乐祸的目光鄙夷那个悲戚的女人，就成了她这个阶段最惬意的时刻。

　　而通常她是编辑部最常遭诋毁的女人，尤其当她颐指气使、以主编助理自居的那一刻。人们恨透了她，背地里都骂她老处女。说她老处女是因为这个女人确实不曾结过婚，这在她的履历表上白纸黑字，言之凿凿。这种女人在社会中的世俗地位大多排在末尾。之前是那些无儿无女的夫妻，所谓的"绝户"。但"绝户"至少还能两心相许，两情相悦，老处女的处境就凄惨多了。处女就意味着连男欢女爱都不曾有过，更何谈花前月下，享尽人间春色，于是常常遭人鄙夷。进而世俗以为这样的女人，大多患有心理痼疾，不是刁钻古板难以相处，就是险恶刻薄暗里藏刀。所以编辑部的人对她都唯恐避之不及，除非万不得已，谁都不愿和她搭腔。

　　然而这个自以为是的女人偏偏是主编心腹，每日坐在主编办公室的门外，为她打理各种事务，包括冷冰冰地阻挡那些想要晋见主编的编辑。于是大家生出疑问，她何德何能，又几分学养？杂志社的编辑哪个不是硕士博士，又哪个不堪称艺术家？却要她在那里大呼小叫，舞弄乾坤？大家都不知道这女人如何骗得了主编的信任，竟俨然成了杂志社的无冕之王。主编的任何指令都要通过她来发布，于是人们事事处处只能任她差遣。稍有怠慢，便会被告到主编那里，轻则挨训，重的甚至惨遭解雇。

不过编辑部里谁都清楚，女主编其实并没有那么绝情。她也从来不会偏听偏信，更不会让自己失去判断力。所以她不是不知道老处女身上那些坏毛病，但她就是倚重这个有毛病的人。她任凭那女人凶神恶煞地守在她们门口，或许这样她才能有安全感。她需要老女人那狗样的忠诚和嗅觉，更需要她身上那种鹰隼的残忍和果断。

总之大家云里雾里，对女主编和老处女之间的关系一无所知。只知道她们很多年前就认识，后来主编出国留学，很多年不曾和国内联系，直到她成为海外时尚杂志在国内的代理人，不久后又创办了自己的杂志。据说《霓裳》创建伊始，老女人就在主编身边了，她不遗余力地为主编效尽犬马之劳。主编之所以信任她，或者就因为她没有本事，但有忠诚。

于是这女人就像一个摄像头，每时每刻地旋转在办公大厅里。以她居高临下的有利位置，她几乎可以看到编辑部的每一个角落，每一张办公桌，每一个人的每一种表情，甚至，每颗心上的每一段隐私。于是一些人私下抱怨，在如此逼仄的空间里工作又被监视，就仿佛生活在奥斯威辛集中营。接下来便不断有人因这里压抑的工作环境而跳槽，哪怕另就的工作不如这里好，薪水也不如这里高。这样人来人往，川流不息，唯独老女人能坚如磐石，永远坐在女主编办公室门外的位子上。

不过就是这个固若金汤的女人，近来竟也有了些变化。尽管她依旧以蓼蓝的不幸为幸，却多少还是淡薄了她对他人行踪的关注度。不经意间，人们发现她开始时不时地伏案疾书，于是新一轮的人人自危开始了。人们不知道她又在编织怎样的罪名，亦不知谁又成了"小报告"中的倒霉蛋。然而主编来来去去，并没有对谁提出批评。于是人们心怀惴惴，不知道编务又将编出什么花样儿。

总之这女人一反常态，一有空就会趴在桌子上写。她戴着度数很深的老式老花镜，只要有人靠近就会立刻收起笔墨，那情形就仿佛是在偷记"变天账"。

第九章

　　她，主编那位漂亮的女儿。她说着电话，在草坡上转着圈地走。头发被染上黄昏色。那是她自己所不知的。那只是别人看到的美。就那样，被金色渲染得仿佛偷吃禁果前那纯真的伊甸园。她说话的位置刚好不被别人听到，而别人却可以透过她优美的手势，想见她倾诉的那些美丽的话语。她的美不是做作的美，而是浑然天成。甚至她的背影都充满了表情，溢着那难抑的风情。

　　其实蓼蓝并不曾在意主编的女儿，是摄影师非要把刚刚拍的照片给她看。显然他很满意这张照片，满意到几乎在炫耀主编女儿的美。为了证明那女人的美，他放大了她正在微笑着的脸。然后蓼蓝就看到了黄昏的光。这之后就发出了"被金色渲染得仿佛诗歌"的感叹。

　　蓼蓝抬起头看远处的草坡，却几乎看不到女孩的表情。她于是忽然意识到摄影师手中的照相机不单单留下影像，它还是一种侦探的工具，一架某种意义上的望远镜。它不仅仅能望到很深的远处，还能将远处的影像采集并保留下来，让铁证如山。所以什么都逃不过摄影师的眼睛，不，不，摄影师无非是想采集那些艺术的瞬间，应该是什么都逃不过镜头的捕捉。

于是蓼蓝脱口而出，我，我是不是已经未老先衰？

摄影师投过来惊疑的一瞥，你在妒忌？

甚至某种自惭形秽。

你知道我们是朋友。

我和她几乎同岁。蓼蓝说过后长久地沉默。然后又问，做婚姻中的女人就一定好吗？

你没忘吧？我曾经建议你三思而行。

有时候就如同在炼狱中。受难的基督耶稣，哈利路亚。

没有那么苦难吧。

爱情变得可有可无。但焦虑却从此如影随形。不信你可以去问你妻子。当心灵中没有了爱意。

于是枯萎，伴随着慢慢生出的褶皱。蓼蓝遥望满坡的绿草，不记得自己是否曾经历过这般迷人的绚烂。做爱，而后滑向了人生的低谷。没有什么是可以重新拾起的。自由落体，坠落。除了坠落还是坠落。而草坡上那个明媚的女人，却是被爱情滋养的。后来她问自己的丈夫，你爱她到底爱什么？是因为把你带出重重荆棘，还是，点燃了你对未来的期冀？

没有回答，是的，那越来越深的深谷。只丢下她一个人，在深谷中独自徘徊。没有拯救。做爱就如同握手，只要感官上相互迎合。

漫漫长夜，轻烟袅袅。她读着丈夫如江河奔涌般的论文，好一派蔚为壮观的气象，却不知他此刻人在何方。而她，在寂静的夜，突然想到了要缝点什么，衬衣上掉了的纽扣，抑或胸罩上倾斜的挂钩。她觉得唯有如此才能找回自己，认出她当下所处的无由的情境。倘要她永远工于女红，回到香罗玉佩的时代，她宁可从此什么也不再做，哪怕不再有爱意。

她于是想到图卢兹。为什么，图卢兹会成为被她想到最多的画家？贵族，却天生残疾。很丑，却是出入红磨坊最多的男人。是的她看到过图卢兹绘画的真迹，那是在图卢兹的巡展中。她还看到过一部关于图卢兹的电影，但是她不相信电影中那个矮小的男人就是图卢兹。她爱那个男人，因为他的画。她知道他所留下的画作不单单《跳舞的珍·阿弗里尔》，他还画过那些疲惫至极的洗衣女工。于是她以为那是图卢兹在画自己，画自己的洗衣和缝纫。进而她把自己想象成图卢兹的模特，想象着，此刻，她就站在那个矮小而残疾的画家面前。她不嫌弃眼前这个男人的丑。丑并不意味着这个人就不伟大。她觉得自己最适合做的职业就是洗衣和缝纫，那么，她为什么不让自己永远停留在图卢兹的《洗衣女工》中呢？

是的，她已经意识到了，改变她丈夫的那个人必定是位女性。不单单香水的味道，还有生殖器，被溢满的性爱的管道，只属于草坡上那种女人。她已经走来走去地说了那么久，脸上依然是那种沉醉的表情。她和他，是的他们一定非常相爱，否则怎么会有说不尽的缠绵？她忽然想，如果电话中的那个男人是她丈夫？纯属无稽之谈，她不由得脸红。她不知这种荒唐的念头由何而来。她觉得自己就快疯了，怎么可能？她和她丈夫最爱的时候，通话的时间也不会超过十分钟。他们从没有说不尽的似水柔情，哪怕互诉衷肠，难舍难分的阶段。那以后就更是三言两语，直奔主题，漠然成了主调。这就是他们的婚姻，除非在床上。

她的丈夫，怎么会拥有这样一个漂亮的女人？她此刻就在湖畔，就在草坡上。就那么循环往复地说着那不知对谁说的情话。她真想让丈夫看到草坡上、夕阳下的这个堪称完美的女人。

蓼蓝近乎于痴迷地眺望着。她觉得她就是眼前最迷人的风景。她相信女人也是能欣赏女人的。慢慢地，黄昏将尽，天空翻卷起蓝灰色的云。那么浓重，灰蒙蒙地压过来。

草坡上的女人终于回到桌前。依旧刚才的那种美好的感觉。却只轻描淡写地说，一个朋友。然后坐回到母亲身边，沉浸在意犹未尽的回味中。蓼蓝情不自禁地看着她，直到她投过来会意的目光。

女校长突然莫名其妙地站起来，不知道她要发表怎样的演说。大家都以为她会答谢，想不到她竟开门见山地谈论起婚姻。她说婚姻最有价值的部分，就是在名义上认可了传宗接代。

为什么不是认可了性爱呢？谁都不相信这是主编千金说出的话。然后她一丝不苟地看着女校长，不管母亲怎样不停地暗示。

女校长的女儿当即离席。觥筹交错中的人们面面相觑，觉出了餐桌前浓浓的火药味。而此刻作家就坐在女主编身边，他愤愤地看着女校长，觉得这是妻子在故意挑衅。

为什么要说这些？

是为了说给儿子听。女校长毫不退让。

儿子需要你这些陈规陋习吗？

我就是想让他知道婚姻是神圣的，不可亵渎。

作家站起来去追女儿。他不想把孩子的婚礼变成战场。

最后的甜点怎么还不上来？摄影师的妻子说着站了起来。又说，那个长长的电话，到底是谁打给主编女儿的呢？

蓼蓝回到家时已经很疲惫。说婚礼一点意思都没有，简直就是浪费时光。她除掉应付婚礼的那些繁复的衣饰，说，幸好我们没有这种令人厌倦的仪式。

第十章

第一个夜晚，他们并没有在一起。只是晚饭后在海边的栈道上漫步。海浪的声音很辽远，却感受不到风。落日，透过浓暗的云层，撒下瀑布般的光芒。在如此美的大自然中，两个人，静静地，在海边的栈道上走。

想不到这样的夜晚还能做些什么。和久未联系的同窗叙旧？抑或在学术上切磋探讨？不不，在这样的时刻没有什么好交往的。是的这个晚上他们都不想应酬。就这样在黄昏的海边慢慢地走。听海浪，抑或脚下吱吱呀呀的木板声。总要说些什么但什么也没有说。于是她和他都变得拘谨起来，不知道接下来会发生什么。

当然，不能像原先那样自说自话，井底之蛙，学术必须是开放的。

于是男人放松了下来，哪怕他依旧什么也不说。

或者她早就策划好了爱的战略。不知道为什么，从第一眼，她就看中了这个闲云野鹤一般的副教授。或者她喜欢他那落拓不羁的风格？或者她倾慕他的我行我素，一无所求？尤其他决意放弃教授的头衔让她格外吃惊，她于是开始注意他的言行举止。他的不修边幅，那些显然不是做给谁看的，而是他为人处世的真性情。在学校里，他只出入于人满为患的阶梯教室而不进教研室。她特意去听了他关于英国现代文学的讲座，果然行云流水，酣畅淋漓，那风趣中闪烁出过人的思辨与才华。

她不能相信一个才子就这样被埋没了。是什么样的困惑让他远离了学术中心？良知？抑或不愿与那些蝇营狗苟的庸常之辈为伍？于是他将自己孤立了起来，从此清静无为，大隐，隐于市。

但是她作为新来的系主任不能听之任之。她就职的原则就是转变因袭的旧风，让封闭的教学走向多元。于是她必须倚重那些真正的学者，那些有着真才实学的教师，而他，便立刻成为了她心目中的中坚。

有人通知他，那个下午，新来的系主任在办公室等他。他对此并没有什么抵触，无非新官上任三把火之类的把戏。推开门才知道，系主任原来是个女的，而且年轻漂亮。

坐吧。很简单的问候。他于是坐下。依旧委靡的样子。

我欣赏您的人生态度。

这是下马威吗？他目不斜视。

我也不喜欢那种急功近利，和您一样，对学术腐败深恶痛绝。

好啊。但愿。他觉得这是他最为得体的回应了，否则他可以站起来就走的。

我不能如您一般，闲云野鹤，任其泛滥。

停顿。然后，他们就突然觉得再没有什么可说的了。

他们在这个傍晚走得很远。仿佛从黄昏一直走进了黑夜。晚餐后他们本来只是在酒店的花园里散步，不知道什么时候就来到了海边。他们沿着栈道一直向前，或者那也是他们共同的企图。走得越来越远，人烟渐渐稀少，乃至进入海湾，甚至连路灯也没有了。在万籁俱寂的黑暗中，那黑，黑到了看不见对方的脸。却满天繁星，洒向海面。静寂中，月升的那一刻，他们屏住呼吸。

这就是他们想要的，这片陌生的黑暗。有海，有咸腥的气味，还有习习的热风。他们于是停住脚步。看不见的声音。事实上他们已经开始彼此欣赏，并蠢蠢欲动了。他于是有了种动力，是因为系主任的美，还是她决意除旧更新的气魄？总之他因此而改变了，变得积极，进而"兼济天下"。他的论文一炮走红，演讲振聋发聩。随之博士生导师、学科带头人的诸多头衔纷至沓来。

咸腥的海。能听到的，只有声音。海浪，伴随着松涛，甚至耳边蚊虫的嗡嗡声。Touch，抑或，no touch。他们开始害怕对方。但他们说出来的，却是他们此刻惧怕的黑暗。举手之劳，是的，只要伸出他们的手臂，就能碰触对方。那声音所暗示的距离，但是，他们好像突然超脱了那个可能的时刻。

男人忽然说，倘若没有您……

就像在房间里，在黑暗中，在床上，他对她说，倘若没有您。我就像流沙，任凭被冲刷。是您，改变了我，几乎整个人生。沉顿，又说，在家庭里，日渐疏离的生活。我们迷失了，我妻子，她总是一味地迁就我，她以为那就是爱。她甚至甘愿放弃她曾经明朗的生活，以至于忘记了她自己是谁。而当初爱她，是因为在酒吧里听到她朗读《纱帘的背后》。是的，那是她的诗。她自己的吟诵。纱帘背后的 / 那个女人 / 将她的身体 / 裸露 / 裸露着一颗心 / 仅仅是为了 / 流淌出 / 生命的血……

听不到对方的声音，仿佛被感动了。

男人又说，多美的诗句。夹带着无奈和残忍。或者是为了安抚自己那颗剧烈搏动的心。可惜她不再写，让浪漫寂灭。她说仅仅是因为她的生活中，从此有了我。

夜晚的温顺。只剩轻轻的喘息声。

于是日子越过越淡，她拽着我，向下，再向下……

他们驻足。留下来。在黑夜里。却不知那渴望，该发生在生命的哪一刻？

然后，向回走，向着酒店的霓虹。没有 touch，甚至连话都不再说。只沿着栈道沿着回去的路。仿佛只是一个人，在走。

回到酒店。在长长走廊的尽头。他们的房间紧邻。紧邻就意味着两个房间之间，只隔了一堵墙。仿佛特意安排的。于是某种欣喜油然而生。

分手时各自拿出房卡，绿灯亮起来。然后推开各自的门，看着对方，说，晚安。迟疑中，男人又说，明天有大会发言。于是找出新的理由，再说一遍，晚安。

回到各自的房间，却各自辗转反侧。她和他隔着墙壁，彻夜能听到隔壁的喘息声。

第一个夜晚。他们被煎熬，却熬了过来，在楼下餐厅，喝早晨的咖啡。

第二天见面的时候，男人已讲演完毕。很热烈的掌声，他希望她听到。但遍寻会场前后，却找不到她的身影。于是某种落寞渐渐溢开，不经意间女人走来。

你不在会场？

我坐在最后一排，不想你注意我。看到了你神采飞扬，也听到了给你的掌声。

我昨晚没有睡好觉。

是因为今天的讲演？

我那么功利吗？

一样的，我也是，也许是换了床。

当晚被当地学者请去晚餐。他们被淹没在众人间。总是隔得很远，只偶尔粲然一笑。熬着，直到酒会结束，又被请去午夜的酒吧。给他们留下的时间越来越少。很尽兴的交流。歌或者舞。但只要知道他就在众人中。

终于回到酒店。步履些微凌乱。那片充满欲望的心情被酒精旋绕着。像第一个夜晚，他们各自掏出房卡。绿灯亮起来，然后互道晚安。程式一般地，晚安复晚安。第二个夜晚也是最后的夜晚。他们却始终不知道对方的心意。然后是淡然一笑。有点难舍难分的尴尬。又一次说了晚安。

各自退回自己的房间。男人开始默诵妻子的诗。纱帘背后的那个女人／将她的身体／裸露／裸露着一颗心／仅仅是为了／流淌出生命的血……依旧地难以入睡，或者做一次英雄？英雄亦会成为恶人，那么，他们的关系中还能剩下什么？

突然午夜铃响。他下意识看枕边的手表。思绪匆匆闪过。他记得没有留给妻子酒店的电话。好像蓄谋已久。就等着这个时刻了。他于是抓起电话，听到了他自己的欲望。果然那是来自隔壁的声音。燃烧的火只隔着一堵墙。她说她冷，她不舒服。

她穿着酒店的浴衣。猫一般轻的脚步。猫只在叫春的时候才叫，那撕心裂肺一般地，只为了寻找。

他把她让进来。彬彬有礼地。她站在他对面。客房里总是暗淡的灯光。她说她睡不着。就想和人说话。在美国时也经常这样，有时候打国际长途和妈妈聊天儿……

他说你不需要解释。

她就不再讲话。

最后的晚上，和，最后的冷。那个时刻就这样到来了。但他却还是站得远远的，说，我，我只想把你抱在怀中，可以吗？

但是他忘了自己是不是说了这句话。他觉得这可能是他对她最大的冒犯。是的他们是同事，是上下级关系，他怎么能够把自己的上司抱在怀中呢？

他知道其实妻子已经开始怀疑。在他和她什么都没有的时候。妻子仅仅凭借她的嗅觉，问他，为什么？是为了你自己，还是为别人？她说这是原则问题，只有弄清才能判断。

如果仅仅是为了自己呢？他问。

那么你就是自私的。

但如果是为了别人呢？

那就是爱了。妻子沉默。

他不得不剥去女人的浴衣，他不得不把冰冷的女人抱在怀中，他不得不亲吻她的嘴唇她的脖颈，他不得不把自己的头埋在她的乳房间。是的他这样做了，大胆而蛮横地。而她没有拒绝，一任他在她的身上挥洒兽性。他爱她么？他不知道。但这一刻，在这里，他不能不把这个渴望已久的身体压在身下。他吻遍她身体的每一寸肌肤。他吸吮她那么柔软的乳头。他任凭她在他身下山峦般起伏，他倾听从她的喉咙里发出的山谷回音。

突然的铃声。为什么又是铃声？他和她都被吓了一跳。是的他忘记关掉手机了。

那不曾消退的激情和烈火。那一刻他还没有从人变成兽。那么温热的肌肤的温度。他犹豫再三，最终还是拿起了铃声不断的手机。是的只能是他的妻子。她撕裂的嗓音，仿佛家中出了什么事。他的神经也随之紧张起来，她在哭，她的无助的悲鸣。

到底出了什么事？

对不起半夜吵醒了你。

说呀，家里怎么啦？

刚刚做了一个噩梦。梦醒了才知道我并没有失去你。

就为了一个梦？他本想发作，但此刻他想要的女人就在身下。他于是信誓旦旦，怎么会失去呢？然后"咔嗒"一声，对面挂断了电话。

女人爬起来看窗外的曙光。在退去的激情中，他说，她简直就是女巫。

像破碎的风帆，他们不再远航。不是不想，而是再也看不到海上的帆影。

但女人的香却留在了男人的肌肤上。那是他所不知的别的女人的味道。

就为了一个梦？男人百思不得其解。

冥冥中的。女人说，女人都有这样的直觉。

然后她逃离男人的体温，穿上酒店的浴衣后才说，也许这个夜晚不属于我们。

男人原本想留住女人，我们为什么不可以重新开始？

女人一如既往着想要离开的愿望。她说她不想被他的妻子干扰。

我知道我之于你一钱不值，男人竟然慷慨激昂，但我的感情和欲望都是真实的，如果你愿意……

这个夜，注定不是我们的，不，你不要……

但男人最终还是完成了他自己。他不管女人怎样歇斯底里地挣扎。在短短的几分钟里他就速成了一切。显然他和她都不曾真正感受到美好的高潮。

　　女人起身时满眼是泪。她觉得她是被强奸了。她恨透了眼前这个粗暴的男人。她说她从此再也不想见到他。

　　男人关上被女人拉开的门。他把她逼到昏暗的墙角。他说最后我要告诉你，如果愿意，你从此就可以把我踩在脚下了。不过这些对我来说无所谓，无论让我过怎样的日子……

第十一章

我无意占有你的男人。我解释说。

她说你不要欺人太甚。

我说我知道家庭就像动物的领地，一旦将气味附着上去……

要么你把他还给我，要么……

只有一条路？

你自己选择吧。女校长朝向自己的丈夫，我，还是她？

女主编办公室的窗外能看到壮丽的夜景。火树银花般璀璨的灯火，将夜的城市装点得恍若梦中。蓼蓝就坐在女主编对面，听她讲刚才的经历。她也看到了作家夫妇怎样气冲冲地来，又愤愤然地去。早就过了下班的时间，女编务依旧门外死守。主编早就通知她可以回家了，她却执意坚守在岗位上，仿佛非要在这里殉职似的。

怎么会这样呢？女主编满脸的倦意。在婚礼上，她竟然当着她女儿的面和我谈判。你知道，我一直不想让这种状态公开化，也无意让他离开他的家。她女儿不停地哭泣，那孩子看上去很可怜。这已经是公开的秘密了，她说，却唯有我一直被你们蒙在鼓里。她说要发动全体老同学来声讨我，还说不让我名誉扫地就誓不罢休。当然他是她的男人，我从未想过要据为己有。但婚姻绝非一条非要从头开到底的船。要伤逝，要更新，要不同的感觉，要像水一样不停地流动。曾经爱，就意味着，一定要从一而终么？爱不是理想，只是一种身体的感觉……

电话铃响，主编说，你在外面等我，我们一道吃晚饭。

偌大的办公室此刻只剩下了蓼蓝和女编务。凄凄冷冷，她决意不和老女人搭讪。

你说，小说到底是什么？

蓼蓝蓦地抬头，迎面遇到的竟是近乎友善的目光。我又不是写小说的，我怎么知道？蓼蓝重新回到自己的电脑屏幕上。

小说就是故事吗？

现在我连诗都不会写了。

你看我们身边的这些人和事，是不是就像小说一样？

你要是原封不动地抄录下来，蓼蓝说，那就不是小说而是报告文学了。

哦。老处女长长地叹息，一副若有所思的样子。

女主编走出办公室时已经穿好外衣。很优雅的那种淡定自若。她曾经在编辑部约法三章，其中之一就是不允许她的下属评价她。于是她美也罢，丑也罢，都成了禁忌的话题。

她们三人坐在餐桌前。她们偶尔会有这样的聚餐。女主编和女编务都是单身，她们的晚餐大多会光顾这家餐馆。一个很小却很优雅的所在。方格子桌布上的玫瑰和烛灯。简单的菜肴，却十分可口。一杯红酒。有了蓼蓝就有了新的话题。

女编务继续纠缠于小说与文体，不停地问着蓼蓝，让她很厌烦。如果你觉得你写的都是垃圾，就不要写了。

女编务目光愕然。她或者还没有遇到过有人对她这般无礼。她被噎在那里至少半分钟，慢慢地才回过神来，并满怀敌意地说，如果你认为你丈夫不忠诚何不离开他。

在座的人突然都没话了。

我倒觉得不一定非要离开他。女主编委婉地接过了女编务的话题。有时候我们并不需要一个完整的男人。些许问候，几枝鲜花，一两个小时的激情就足够了。我们的生活，就是这样，当然，蓼蓝你除外。是的，我们，就是爱上了别人的男人又怎样呢？如果男人就是想冲出那沉闷的围城，又怎样呢？对，这可否就是《霓裳》下一期的话题，蓼蓝，你说呢？你爱着这个男人，想要拥有他；而一旦真的拥有，真的有情人成了眷属，又怎样呢？你就保证能永远安之若素地呆在围城里？不，除非你愿意用所谓的爱情去交换你的自由。

蓼蓝在手提电脑上不停地记录主编的话。她快速敲击键盘的声音，就像是一种很美的语调，柔和而圆润。是的你不是有病，就是弱智，爱情怎么会胜过一个女人的独立和自由呢？所以，我们决不能被那些狡猾的男人欺骗。他们和你很可能只是权宜之计，虚晃一枪。喜新厌旧从来是他们骨子里的东西，所以被抛弃才会成为女人永恒的命运。

蓼蓝几乎一字不落地记录下主编的每一句话，甚至每一个语气。她觉得从主编嘴里流出的那些话语无须修饰，就能成为一篇很好的文章。她无数次聆听过主编突然之间的才思泉涌，妙语如珠，对主编的"神来之笔"佩服得五体投地。那些男人，主编继续说，你可以相信他们吗？只要一转身……

甚至来不及转身，女编务突然跳了出来，他们就已经勾搭上了更年轻的女人。蓼蓝惯性地记下了这些话，等到女编务说完她才意识到，这段话并不是主编的。是的，总是有这样一些女人在某个地方等他们，并能够轻而易举地就将他们弄上床。

女编务说完之后径自喝光了酒杯里的酒。好像很愤然的样子，然后定定地望着桌上的红蜡烛。紧接着又说，这绝不是危言耸听，这都是我们亲身经历过的，然后意味深长地看了看女主编。

蓼蓝听不懂女编务的话，却能感觉到其中话里有话，绵里藏针。

我是说，我们有责任让女人觉悟，这一次是女主编在慷慨陈词，我们好不容易才挣脱了男人的枷锁，怎么能再回到受制于人的困厄中呢？

关闭电脑时晚餐已经冰凉。她看到女主编和女编务在相互低语着什么。她始终弄不清她们之间到底是怎样的关系。显然她们并不和谐，却互为知音。那么她们是在相互利用呢，还是有什么不可示人的隐秘？

这时候窗外滚起隆隆雷声。

第十二章

　　他们的第一次发生在丈夫出差的第二天。这一天下班后她邀请摄影师和她一道吃晚饭。她已经给了她丈夫机会了，整整一个晚上，他却始终没有把电话打过来，这就意味着，他失去这个机会了。她就那样凄凄惶惶地站在摄影师的办公桌前。她说就这个晚上，你必须陪我。如若不答应，我就站在这里不走，等着你，无论你多忙，也无论你多么不情愿。

　　摄影师只好拿起电话打给老婆。说今晚要加班，你不要等我了。对方对此显然并不在意，于是很快就挂断了电话。

　　她问他，你为什么不能诚实地通知她？

　　你觉得有这个必要吗？

　　我觉得欺骗比什么都可怕。

　　那么，用真诚折磨他人就道德了？

　　至少死也能死个明白。

　　好啦好啦，我只是希望我的生活简单化。

　　为了让她更有安全感？

当然，那些，不必要的痛苦。

于是他们在餐馆的烛光下。烛影摇曳时那种若即若离。女人突然轻抚男人的脸，说你不觉得你身上有种女性化的气质么？

他生硬地拨开女人的手，说你又开始胡思乱想了。

有人说，有点女性化的男人才是好男人，所以，我才愿意和你这样的男人做朋友。

摄影师目光惊诧，谁说的？你脑子里怎么又进水了。

女人不停地用指尖碰触跳跃的火苗，说，你是不是觉得在这种情调中吃饭的，不该是我们俩？

我们俩怎么啦，我们是朋友。我还买过你的诗集，见识过你年轻时的漂亮和激情。说说看，到底是什么让你不快乐？

你让我说？就得让我先喝光这瓶酒。

半瓶，半瓶怎么样？

然后女人鼓足勇气。在迷离中，她说，他有了女人。紧接着又问，我没有跟你说起过吧？这本是见不得人的，我的痛。很浓的香水的味道，在卧室中慢慢飘散。我恨，却又迷恋那悠然的气味。有铃兰和风信子的味道，还有龙涎的香。那香甚至是可以听到的，仿佛行走花间。就那样弥久不散地在我的卧室，让我，时时刻刻都能闻到那绕梁的女人香。

是的我身处其间，逃不掉的，那恨，伴随着爱。是的我喜欢花的芳香，那林间，驻足于我丈夫身上的迷乱。是的他变了，朝着一个明亮的方向。他不再颓废消沉，委靡不振，而他的振奋，又绝不是因为我。一定有一种力量，一定，来自那花香的女人。是为了取悦于她，他才会重整旗鼓。

是的没有把柄，甚至不知道那女人是谁。只是，看他一天天明朗起来，却丝丝缕缕地，被刺痛着……

摄影师一次次抢过她的酒杯。说再陪你喝下去就开不了车，也不能把你送回家了。

然后他们又去了歌房。更暗的光线，更多的酒精。几次将伴唱小姐赶走，女人哭着说，这一刻她只想跳舞，只想跳舞，于是摄影师拥着她。三步四步还有狐步，很凄怆的午夜，她无数次哭。她问，醉生就一定能梦死吗？有时候她确实体会到了，什么是生不如死。

那晚上至少有三个电话打过来，来电显示都是她丈夫。他显然知道她不在家中，但她就是不接他的电话。她只是靠在摄影师的身上慢慢旋转，任凭酒精牵引。她只是在他的耳边说送我回家吧。又说，你还要在床上陪着我，和我一道闻那女人的芳香。

这个被酒精浸泡的晚上，无论她想要什么他都答应。

然后就有了那个夜晚。婚后第一次，她被不是她丈夫的男人怀抱着，入睡。

但是她忘记了曾经发生过的那一切。只是天亮时分，她觉得难过。就像乱伦的诸神，是的，和摄影师做爱就如同和自己的哥哥，她怎么能这样？

然后她开始呕吐，不是因为醉，而是鄙视自己，就像饥不择食的娼妇。是的诸神就是这样的，被天命注定，想逃也逃不掉的，和自己的父亲抑或母亲。在不明不白之中成为罪人。灵魂从此永远漂泊。那是命定的轨迹。

翌日，她低着头走进办公室，不敢向摄影师的格子里看。他就像哥哥一样爱她，而她却觊觎着嫂子的男人。她怎么会跻身于这个无耻的队列，她一向那么清高的心性。她根本就不屑破坏别人的家庭，但是，在那个迷离恍惚的夜晚，是她，逼迫他上了她的床。

她趴在办公桌上想到了辞职。如此不清不白的，她厌恶这一切。

昨晚吃得好吗？女编务不怀好意地询问。

这和您有什么关系？

你好赖话都听不懂啦？

她站起来离开办公室。摄影师追出来，说，去喝杯咖啡吧。

她昏昏沉沉，说头痛欲裂。又说，你知道吗，和你，就像是和我哥哥……

别折磨自己了，摄影师抓住女人的手，你到底还想给自己加多少罪？

你妻子是怎么想的？

只要你度过了这个艰难的晚上。

我需要男人，但我的男人却欺骗了我。

于是我就成了你复仇的工具？不过，我宁可任你差遣。

那么，我跟你去拍摄你那些模特吧。我现在讨厌办公室，尤其不想看见老处女。

那么好吧。

空旷的荒野，摄影师要拍的是一组荒野写生。在嶙峋的怪石中，模特们野性的装束和妆容。首先，摄影师将模特们摆布出各种粗野的姿势，为此他蛮横地撕扯掉她们的乳罩。他说野人怎么可能崇尚文明？于是那些窄小的不像乳房的乳房被暴露出来。而这些骨感的肢干又怎么会滋养出丰满的乳房呢？

摄影师在树枝一般的人体间往来穿梭。他可以任意拿捏模特身上的任何部位，甚至她们的乳房和屁股。他说没有什么难为情的，这是他的职业。又说在这样的群体中根本就没有性别。

收工后她追随摄影师去他的工作室。此前她曾经不止一次地走进这套很大的房子。在四壁的照片中她总是想到安东尼奥尼那部叫做《放大》的电影。一看就知道影片绝不是出自等闲之辈。只是这里没有向上的楼梯，却有着下沉式的硕大的摄影棚。

如果你真的想要，你当然也要赤身裸体。

女人在迟疑中满心忧虑。她之所以来此是因为她听信了摄影师的诱导。他说你如果不能抓住青春，青春就没有了。世间万事万物稍纵即逝，没有永恒。趁着你还年轻还拥有姣好的身体，何不为自己留下美丽的身影呢，那将记录下一去不返的生命。

摄影师说的时候轻描淡写。他不想给她留下诲淫诲盗的印象。他是真的想要留下她裸体的影像，而这所有的愿望都来自昨晚他在她的床上。

为什么没有人欣赏你如此完美的身体？为什么你总是用休闲风格遮掩住你的无限春光？

她说，我不记得你曾对我说过这些。我忘记了，什么都记不起来了，只觉得天亮的时候很难过。我逾越了我本不该逾越的底线。我追不上他越来越高昂的步调了，我被他丢下了，我……

我不强求，你随时都可以叫停，也都可以离开。摄影师摆弄着他的灯光，说是为了唯美。

一个人如果开了杀戒，就会一发而不可收。接下来是下坠，下坠，还是下坠，难以救赎。

那么什么是放下屠刀，立地成佛？我记得朱熹说过，不必问过之大小，怒之深浅，只不迁不贰，是甚力量，便可修成正果。

或者就因为你尽日和漂亮女人在一起，你才对女人没了兴趣。

但我爱你。这你知道。唯一的，可以用这样的爱去爱的女人。

有时候，我觉得我们就像是艾米莉和希斯克利夫。这时候女人已经脱光了她的衣服。艾米莉和希斯克利夫是一体的，每个人都是对方的一部分，我就是你。但是我和我丈夫却从来没有过这样的感觉……

很好，就这样，你别动。

我喜欢自然一点的，别那么做作，我，不是你的模特。

我知道。

所以，不能像没有灵魂的模特那样任你摆布。我写的是诗，我和你说过吧，策兰和巴赫曼的故事。年轻时他们都很漂亮，但老了

74

之后，英俊的就只有策兰了。为什么他们年轻时不能好好相爱，待各自有了妻子或男友，才最终一发而不可收。是的他们做爱。在欧洲不同城市的不同酒店。要跨越国界才能彼此相聚，所以爱总是被笼罩在悲剧的阴影中。

然后策兰，将他所有的激情，都给了他的诗。你听：

心的时间，梦者
为午夜密码
而站立。

有人在寂静中低语，有人沉默，
有人走着自己的路。
流放与消失
都曾在家。

你大教堂
你不可见的大教堂，
你不曾被听到的河流，
你深入在我们之内的钟。

还有，女人最喜欢的，那首《你这焚烧的风》。这一刻她只想读给摄影师，无论他是否能懂。英俊的策兰啊，他鄙薄和纳粹同流的文人。为此他宁可轻慢海德格尔，不为他的纪念日写诗。

另一首，听啊：

你这焚烧的风。寂静
曾飞在我们前头，第二次，
实在的生命

我赢了，我败了，我们相信过
昏暗的奇迹，那枝条
在天空疾书，负载着我们，在月球轨道上
茂盛，留下白色痕迹

女人在朗诵中问摄影师：你觉得，留下白色痕迹，有什么象征的
意义？他们再度相会，策兰和巴赫曼，在另一座城的酒店做爱。他们
所说的那丛林一般的茂盛，又意味着什么？茂盛，是的……

茂盛，留下白色痕迹，一个明月
升上昨日，我们拿来，
那盏烛光，我哭泣
在你的手掌。

这时候女人已泪流满面。她说她此生只想写出这样的诗篇，哪

怕，就只一行。她席地而坐，为着溺水的策兰。哭泣。被度数极高的照明设备烘烤着。当策兰将此诗收进诗集，最后的一段，却被他自己疼痛地更改。"升上昨日"变作"跳入昨日"，有什么特殊的所指？"我们拿来"没有改动，"那盏烛光"却变成"丢失了那盏烛光"。何谓"丢失"，又丢失了什么？策兰的悲哀？然后"我哭泣"，改为"我把一切"，有什么不对么？最后，将"在你的手掌"变成了无奈的"丢进无人的手掌"。就这样，你可以相互比照策兰的心情。

茂盛，留下白色痕迹，	茂盛，留下白色痕迹，
一个明月	一个明月
升上昨日，我们拿来	跳入昨日，我们拿来
那盏烛光，我哭泣	丢失了那盏烛光，我
	把一切
在你的手掌。	丢进无人的手掌。
（或者，被直击的现实）	（或者，时过境迁的追述）

于是悲伤绵延。谁都有过不曾好好保护的昨天。他们，让爱情挥霍成灵魂的诗行。来了，又去了，任往昔销蚀。

摄影师说，我喜欢，你的迷茫和悲伤。

我怎么配？那是策兰的悲伤。不过，她喜欢的那些诗行。不单单是爱，也不单单是性的爱。他们的爱中包含了许多。种族的，男女的，纳粹或者犹太人，乃至于伤痛的忏悔的内疚的无奈而又无望的，于是，难以承受那生命的重量。于是策兰一跃便跃进了塞纳河。而巴黎，并不是策兰眷恋不已的家园。

　　然后安德烈·波切利重返故土。一个盲童。在歌声中长大。如父亲所言，你看不到世界，却要让世界看到你。

　　如此，一个父亲的誓言，将他带回家乡。他出生在此，美丽的托斯卡纳郊外。崇山峻岭之间，他的露天音乐会，从黄昏的斜阳，响彻到迷茫的暗夜。于是想起萨尔茨堡，在古堡聆听音乐的永恒瞬间，窗棂外面的阿尔卑斯山，怎样在乐曲中沉入黑夜。莫扎特的夜曲，和安德烈·波切利完美的嗓音，就响彻了沟壑山谷，成为托斯卡纳的美丽家园。一个无所不在的歌者，却看不到黑夜正慢慢袭来。于是他闭着眼睛演唱，在乐符间自由行走。他没有什么动作，甚至没有表情。就那样敞开歌喉，你甚至感受不到技巧。就那样天籁一般地流泻，简单而又纯粹。于是他成为托斯卡纳的骄傲。

　　女人说，她简直不能离开屏幕。只要你看到安德烈·波切利，是的，你就一定会想到英俊的策兰……

第十三章

她拒绝过了却没有奏效。她唯有梳妆打扮，整装待发。

她知道那家餐馆很好。她记得暗蓝色的房顶镶嵌着星形的灯，满天星斗般熠熠闪耀。她也记得那段徒然的情史，短暂，但却江河奔涌。爱过了才知道彼此并不相爱，在并不相爱的爱中却延续着性。直到难以割舍却必得割舍的那个晚上，他们在这屋顶的星光下诀别。她从不后悔那所有曾经的爱。她觉得女人就是被一段段情史一寸寸悲伤铸就的。无论痛与不痛，伤与不伤，但就是这千回百转的磨难造就了女人的非凡。

她有点拘谨地走进餐馆前厅，不自在地站在那里等候。她的不自在源于身上这件连衣裙，而这又是她为今晚的盛宴特意买的。尽管昂贵，却不适合她。在试衣间的镜子里，她就发现自己成了陌生人。她穿惯了那种松松垮垮又闲适自然的服装，也从来不相信服饰会彻底改变一个人。但她还是买下了这件黑色礼服，紧接着又买了同一品牌的高跟鞋。离开商店时她竟然有了种旧貌新颜的快慰，觉得自己并不是那么冥顽不化。很多年来她不是不能优雅而是不愿。

既然不愿，自然也就不想尝试着改变自己了。

　　但是她站在那里还是不自在，一种想把自己藏起来的愿望。而最最让她不能忍受的是，无意间低头时竟然看到了自己裸露的乳沟。于是她环视周围的女人，却发现她们中很少如她般招摇的。于是她不是不停地向上拉领口，就是频繁地向下拽裙摆，总之一种过分的感觉。她觉得自己还从来没有过这么不得体，在众目睽睽之下，她觉得沮丧极了。幸好那个穿着比她的短裙还要短的服务员走向她，把她带进了那道幽暗的走廊。

　　她是如此形只影单又伤心愧悔。走在高跟鞋里的每一步都利箭钻心，就仿佛丹麦海岸的那个美人鱼。美人鱼期盼的是王子的爱，而这个晚上和她一起就餐的，无非主编和她的女儿。

　　想到这些她不禁顾影自怜。让她生气的是她丈夫。为了他能和她一道出席主编的晚宴，可谓掰开揉碎，几乎是在求他了。而他却毫不妥协地高举盾牌，说他无意认识她的同事，哪怕主编。紧接着又诘问道，我们不是有约在先吗？总之他坚决而彻底地拒绝了她。她觉得他是故意为难她。想到这些就不禁满心怨恨，而她，为什么会迷失在他的意志中呢？

　　她走进去，那个似曾相识的雅间。恍惚间依旧梦幻一般。尽管已经很多年过去，她嗫嚅着，最让她留恋的还是这里，就如同梵高的《星月夜》。

　　她不知主编和主编的女儿已先期到达。她觉得她的迟到是一种怠慢。她于是愈加愧悔不安，甚至不敢碰触主编母女的目光。

哦，真漂亮。她听到主编惊异的赞许。她知道主编的评价总是中肯的。从不曾见你穿这类服装，大概你自己都不知道有多性感。

我，我只是……她竟然有点眼泪汪汪地看着主编。

你先生呢？主编漂亮的女儿问。并且向她的身后引颈望去。那么殷殷的，仿佛在急切地期待什么。

他？是的，她恨透了这个拒绝了她的男人。她知道他拒绝她就意味着拒绝了主编和主编的女儿。说好了这只是两个家庭的小聚，是编辑部任何人都难以享有的殊荣，却被这刚愎自用的男人化作泡影。她的目光无奈而又抱歉。她不想让主编和主编的女儿失望。她甚至不敢直视她们的眼睛，脸上也因此而布满了细密的汗珠。她觉得她的双手也汗津津的，于是不停地抽出纸巾擦拭自己的脸和手。

但是她不得不为他开脱，说今晚，是的刚好今晚，一些朋友，早就约好的，总之，是的，他不能来了，他说让我……

坐吧，主编现出些微遗憾的表情，不过，没关系的，也许和生人一起吃饭还不自在呢。然后转身对女儿说，编辑部里谁都没见过她的丈夫，那男人就像影子一样，总是隐藏在蓼蓝身后。

不会是个幽灵吧？在歌剧院的地下室里控制着克里斯蒂娜？主编女儿揶揄着，或者想让空气变得轻松。

可惜蓼蓝不懂玩笑，更没看过百老汇的《歌剧院幽灵》。她只是执著地解释着，我们，记得我跟主编说起过，结婚时我们有言在先，不介入对方工作中的任何事情，当然，也就包括了社会交往，我曾经以为那样生活起来会更单纯，但现在……

现在也没有什么不好的，主编说，其实我并不确定他会来，我也是这样和女儿说的。

不过，我还是希望你们一道来的。主编女儿不加掩饰的失望。

好了好了我们吃饭，我们这些无聊的女人们。你们这是第二次见面吧？

当酒过三巡，女人们不再拘谨，进而变得忘乎所以，竟开始大胆而直白地坦承她们各自曾经的风流和艳遇。其间女主编最是凄然，尽管隐晦，却还是在支离破碎中拼接出了一个悲惨的爱而不能的故事。她说很伤感的，她的初恋。她曾经那么深深地爱着那个生命中的男人，直到有一天他突然莫名其妙地死去。她曾经不相信他的死亡。她觉得其中必有什么难以示人的隐秘。他那么快乐健康、那么深深地爱着她，而不久前她刚刚收到了他充满爱意的来信，怎么会转瞬之间就山盟犹在，锦书难托了。是的她不会忘记他，无论她生命中出现过多少男人。那爱一直迷迷蒙蒙地存在着，在心的深处。那是他为她留下的永久的怀恋。

女儿迷惑地望着母亲，那么，是他让你拥有了我？

不不，那就是另外的故事了。不值得记忆的。我们后来去了美国，从此和国内再无联系。总之很单纯也很美好，在我们的生活里，只有我和你。

蓼蓝的故事从星空开始。她曾经以为是爱却不是爱。不是爱却也能云雨交欢，那是男人和女人之间的另一种情缘，分手时竟也潸然泪下。其实他们都知道分手后就不会再见。只是想不到这种没有爱的爱竟也能如此镌刻于心，这是她所不曾预期的。于是记忆像陈酿一般历久弥新。只要看到夜空就会想起那星月的爱。有的人就是能给你留下如此深刻的印象，那种过目不忘又铭心刻骨的纠缠。

接下来主编女儿说她已曾经沧海，意思是她已尝遍各式男人，却至今迷茫，不知道自己想要的到底是什么。一开始她没有标准，无论碰上谁。但是她知道和那些男孩睡觉并不意味着她就欣赏他们。她其实并不喜欢那些和她一样的青涩年华。于是她寻找，在寻找中蹉跎她的青春和美丽。她说她喜欢的男人一定要成熟，她说，在某种意义上成熟就意味着沉实而深邃的岁月沧桑，意味着他们曾经的阅尽人间春色，同时也就意味着他们在人世间的老奸巨猾。不过，对她来说老奸巨猾并不是贬义词，这起码说明他们更懂女人，自然，也就能更为绵长地持续做爱的过程……

那个不期的电话打来。女主编顿时缠绵悱恻。话语中那难抑的情深意切，让她在酒意中显得更加迷离。她放下电话，说，他就在楼下。

女儿问，谁在楼下？其实大家都知道打来电话的那人是谁。

于是女士们开始调整坐姿，坐出大家闺秀一般正襟危坐的姿态。主编却说，我大概不得不……

妈妈你不是要逃跑吧？

是的，我就是要，蓼蓝，你知道，他这期的文章太直露了，你不觉得么？弄不好会给编辑部惹麻烦的。同样的意思，他完全可以用另一种方式说出来，中国有那么多同义词、近义词、多义词，怎么就不能含蓄些呢？

妈妈，我们这是在吃饭，不是在你的办公室。

他说他刚刚修改了，本来蓼蓝也应该看的。我们明早就要发稿，不是吗？我当然要亲自把关，尤其他那些过激的文字。

要么，请他上来？蓼蓝说。

不不，肯定不合适，你们说呢？所以我要把他带走，让你们俩尽兴地喝酒聊天。女主编说着开始穿外套，匆匆忙忙的，心之急切，一目了然。而两个年轻女人只能怔怔地看着她，直到她义无反顾地和她们告别。你们是我最最欣赏的两个孩子，你们当然会成为好朋友……

嘿，妈妈，你忘了。女儿把口红递给母亲。那么，你还回来吗？

也许，不不，肯定不回来了，不过我已经结过账了。

女主编匆匆走出门口，又突然返身问女儿，那么，那么你今晚回家吗？

不不，妈妈，你放心好了，我还是住在我的酒店。

女主编仿佛被什么追赶着，连用过的口红都没有盖上。她旋即就从这个有星空的房间里消失了，接下来的几十秒中，两个年轻的女人竟相对无言。

不错，我母亲她总是主宰者。有她在，我几乎什么都不用想，只须跟着她的思路走，直到她回国后我才学会做自己。我刚刚说到什么了，是的一个男人，就那样悄无声息地走进了我的生活。我们一起工作，但他却从不正眼看我，而这个无趣的人却又非常有才华。你见过这种有天分却又没意思的人吗？总之与世绝缘的样子，凡人不理，仿佛每个人都与他毫不相干。就这样一天到晚醉眼迷离，就像我们现在。来吧，为这类难以理喻的男人，干杯。

你怎么会喜欢这样的男人？

可能就因为他的与众不同吧。总之他是另一类人，和我交往过的任何男人都不一样。所以越是陌生越是好奇我就越想接近他。一种既兴奋又刺激的亢奋感觉，只想着，什么时候能跟他肌肤相亲。

那么他有家庭么？

这种问题有意义吗？我母亲的情人有妻子吗？你那个只剩下性的男人有妻子吗？不不，问题根本不在那儿，而是，我想要的那个男人他讨厌我。

你那么年轻美丽充满了诱惑力，哪个男人能抵御你那……

于是他讨厌我的理由竟然是，他必得远离诱惑。诱惑，是的诱惑竟成了他逃避我的原因。你没有看见过他遇到我时的目光，唯恐避之而不及的，就像惊弓之鸟。为此他以他的冷漠筑起了一道看不见的柏林墙。但他越是回避，我就越想得到他。在我们中间，竟然是女人成了林中射杀驯鹿的狩猎者。

蓼蓝突然不舒服。她觉得两只手都麻酥酥的，就仿佛稻田里的水蛭在吸食她的血。但她没有丝毫退却，反而更加地大刀阔斧。她不仅给自己斟满了酒，还站起来灌满了主编女儿的酒杯。然后举杯一饮而尽，她也不知道自己为什么要这样做。

　　说到哪儿了，哦，那些驯鹿。它们有美丽而坚硬的鹿角，还有，你注意过那些公鹿的目光吗？那几近绝望的某种哀怨。因为它们都知道等待着它们的是什么。是的迟早有一天，不是被驯服就是被射杀。他就像受了八辈子的苦，我是说我想要的那个男人。谁能和这样的人在一起？单单那让人窒息的空气就能要了我的命。但我就是想要他，哪怕他最终会让我失望。

　　那么你终于如愿以偿了。

　　你觉得呢？

　　这故事不是杜撰的吧？

　　你看我像编故事的人吗？

　　那么，然后呢？

　　然后我抓着他的领带把他拉进门。欲火中烧的好莱坞就常常会上演这类镜头。但我所经历的不是电影，有时候疯狂的性爱也能改变一个人。但第一次他还是退却了，说或者哪天，我和我妻子会请你……然后我把他推出去，连同他的外衣和领带。尽管他践踏了我的尊严和骄傲，但我却始终没有气馁。他抵挡就意味着他想要，男人大都是这样的。溃退是因为还没有做好逾越道德底线的准备，我看透了他们的欲擒故纵。接下来呢？你真的想要知道吗？结婚后，你就没有过怀念别的男人的时候吗？

　　别的男人？你是说现实中的还是梦幻中的？她突然觉得恍惚起来，她知道那是种发自心底的怀念。那远去的男人，有时会入梦。

他们曾经爱过，不是不爱，只是不再渴望。

后来，他没有戴领带，他说，我们去喝咖啡。我说，不，要去就去喝酒，酒后就不同了。于是他像溃决的堤坝，他说他可以想见，那不由自主的欲念。他又说他所研究的尽管是哈代的年代，但他的灵魂所追逐的却是劳伦斯的境界。想不到一个如此颓唐的男人，竟怀了那么强烈的激昂。而对照此前的收束退让，哪一个才是他的真面目呢？

那么，你们，你们终于如愿以偿？

是的他不再退缩他开始靠近我，或者，换一种说法，是我在殚精竭虑地征服他。我喜欢那种男人所特有的从毛孔中散发的雄性的味道。我更喜欢，当他一意孤行时，那掠夺般的抚摸。他一个字也不说，只是喘息声越来越粗重。喘息就是语言，颂歌一般的，抑或流淌的诗行。做爱，怎么会需要语言？那令人窒息的长长的吻，足以除却我们各自身上的所有衣物。然后赤裸裸地，床上，我们的身体。不断被撩拨的欲望。狂热到宁可去死。我至今能听到他粗野的低吟，就那样永不停息地在耳畔萦回。是的那种余音袅袅，是的那种不绝如缕，是的那种温暖的感觉。于是那个夜晚，溃败的堤岸。

器官和器官有什么不同？是为了挑战道德还是亵渎良知？蓼蓝突然出言不逊，那一刻她自己都不知在说什么。

或者主编的女儿太投入了，或者她不屑于蓼蓝的诘问，她只是执著地沿着自己的思绪说下去，总之我最终俘获了他。于是我发现有时候单单是性，就能彻底改变一个人生存的状态。他变得温柔体贴不再桀骜不驯。他甚至心甘情愿为你做一切。这就是性的力量，所向披靡。你有过这样的体验吗，让这个男人，从此只爱你一个人⋯⋯

蓼蓝突然奔向洗手间，她以为自己想吐，却什么也没有吐出来。她抱着马桶大哭了起来，伴随着一遍一遍地拉动水箱，让流水淹没她绝望的哭泣。她眼看着水流泻下来，旋转，冲掉杂物，然后水箱被重新灌满。如此周而复始，一道道程序，就如同葡萄酒在舌尖回环时释放出来的前味和后味，抑或，香水在人体中慢慢形成的林间或花间的香气。

当再没有眼泪涌出来再不想号啕大哭的时候，蓼蓝走了出来。

主编女儿竟然又往酒杯里灌满了酒。她说她母亲离开美国后，她学会的最大的本事就是喝酒。她一度痴迷这种一醉方休的感觉，那种飘飘然，而后自然是做爱。和各种各样的甚至她根本就不想要的男人做，但是她喜欢那些喝酒的人。我的体会是，喝酒的人，通常是持久的，就像玩伴。而做爱的人，就很难留下了，很少成为朋友。所以什么也不要介意，没有天长地久。只是，我一直想知道却一直不知道，为什么你，一个如此我行我素的人，却非要把自己拴在"一个"男人的裤带上？

她们摇摇晃晃地离开雅间，仿佛被劫持一般地走出那条幽暗的甬道。蓼蓝把迷迷糊糊的主编女儿送上出租车，并向司机特别强调了酒店的方位和名称。眼看着出租车驶进黑夜，她才开始后悔并深深地责怪自己。为什么不去追问她与那男人恋情发生的地点与时间？是的，她想问，却最终什么都没有问。或者她太爱惜自己的羽毛了，宁可不让那残酷的真相昭然于天下。

她只是觉得主编女儿说起的那个男人似曾相识。不过只是感觉上的，那丝丝缕缕的疑惑，难道处处都有这样的男人？是的，她不确定，她总是不确定。她记得，那个晚上，她独自躺在床上。凄风苦雨的静寂，只靠墙上那只表针流动的挂钟，消磨着无眠的暗夜。尽管，那钟是静音的，她还是仿佛听到了那听不到的机芯走动的"嘀嗒"声。越是静，就越是不静，就如同山雨欲来风满楼。她坚信世间万事万物都是有灵的。有灵就意味着有征兆。只是，你还不具备发现征兆的能力，于是，你便总是被动，总是束手就擒。

回家后蓼蓝给主编的女儿打电话，却始终没有人接听。于是她开始焦虑不安，一个人在房间里走来走去。她觉得她能够感觉到她的不舒服，她甚至能听到她呕吐的声音。她于是开始翻箱倒柜地查找酒店电话，把家里弄得一时硝烟四起。以至于丈夫不得不从他的书房走出来，质问她到底想要干什么。

我记得好像是假日酒店，不然希尔顿，或者喜来登？

我这里有希尔顿的电话，丈夫翻开他的记事本，这是前台电话，你记一下……

你有？你怎么会有酒店的电话？

男人立刻合上了他的记事本。我可以没有，有倒有出问题来了，男人转身回他的书房。

我可以查询114，蓼蓝追进书房。

　　喝多了吧，男人不再和颜悦色。你怎么听不懂人话了？我是为了你。我本来用不着向你解释什么，他妈的那个系主任上任后，一天到晚把外国人弄进来，住的就是希尔顿。当然啦，我有必要和你说这些吗？

　　女人自知愧疚，于是息事宁人。她想要亲吻他，他却转身离去，于是女人又一次看到了那段看不到的柏林墙。很久之后当她看到了真的柏林墙，才知道那浅灰色的水泥墙上竟画满了那么艳丽的蝴蝶和鲜花。

　　当然，在丈夫的帮助下，她终于找到了主编女儿的酒店。前台说某某女士已经休息，请她放心。她于是心有歉疚地来到男人身边，轻轻拂弄他的头发。她问他，为什么现实总是没有逝去的好？

　　男人没有回答，只是让她坐在他的腿上。

　　然后一切都消逝了，包括她不确定的那些疑惑。

第十四章

　　自得知同窗竟然是作家的妻子后，这是他们的第一次约会。在街角那个不起眼的地方，依旧是"戈蒂斜阳"这家小小的咖啡馆。就因为"戈蒂斜阳"这几个字，她几乎每天都会造访这里。清晨或者夜晚。一杯咖啡或一杯酒。她喜欢坐在这里，坐在咖啡前。其实家中既有最好的咖啡豆，亦有堪称奢侈的各种咖啡器械。但她还是喜欢喝这里的咖啡，吃这里的甜点。就这样宁静悠然地读当天的早报，抑或透过玻璃屋顶看这座城市清晨的云蒸霞蔚。

　　往往他送她回家的时候，他们也会在这里小坐。后来，这几乎成为了他们之间分别或相聚的某种仪式。他们喜欢这里的简朴自然，尤其年轻小老板的恬淡闲适，从不将营利作为唯一的追求。也许是为了某种回报，她开始将她的杂志《霓裳》逐期免费送达，供喜欢这里的人们阅读。她觉得她和这家咖啡店有着某种惺惺相惜的关系，或者，就因为他们的爱情是从这里开始的？

　　他们却突然之间消失得无影无踪，让咖啡店的老板很是凄惶。但他又天性疏于交往，只能把惦记放在心里。于是当他们终于出现，小老板不动声色的欣慰就成了免费赠送的蓝山咖啡。他当然并不是为了留住他们，他或许已经将他们视为知己了。

这一次他们落寞地坐在昏暗的角落。开始时竟然相对无言。他们甚至不愿意直面对方，不知道他们中间到底发生了什么。多久没有在一起了？于是有种久远的生疏。似乎谁都不想说什么，对那个必须面对的现实讳莫如深。那是谁也不想碰触的，心底的痛。于是不再有如歌的行板。

终于女人中止沉默，不，我不敢相信，这不可能，怎么会是她？

男人无语。

我们，是的我们在一起到底有多久了？可为什么，那么漫长的日子里，我竟然不知道她是你的妻子？

男人低着头。

为什么偏偏是她？是惩罚吗？

男人终于抬起眼睛。那不是你我所能选择的。

这说明，说明了什么，你知道吗？

男人一脸的无奈。

说明你对她一点也不关心。你甚至不知道她的过去，不知道她的旧时同窗，也就是我。

我为什么要知道这些？男人反诘。

你，你们是夫妻。

夫妻就一定……

女人伸出手臂呼叫服务生。她的舞者一般的姿态，连同修长的手指，都是男人最喜欢的。侍者低下头凑近女人，您需要什么？

我都糊涂了。女人嗔怒。坐了这么久却只一杯水。你要什么，酒还是茶？男人想了想，一瓶黑啤酒。那么我呢？女人问着自己，咖啡？那就别想睡觉了……

明天是星期六，侍者提醒。

咖啡就咖啡吧。侍者离开。直到看不见他的背影，女人才突然转向男人，我是说我们，我和你，怎么可能在她出现之后还混在一起呢？不不，我们都知道这不可能了。

但如果我妻子是别的女人呢？

同样的负罪感。自始至终的。只是不像现在这么沉重。

你并没有改变她的生活。你是她以外的一个独立的世界。这些我都想过了。和你做爱并不意味着就伤害了她。她早就厌倦了这些事情，我对你说过，已经很久了，我们甚至不住在一个房间了。

不不，我知道家庭就像一块领地，是绝不能和他人分享的。那里有你们这个家庭独有的气味，那是无论谁都不能……

你都看到了，我正在努力挣脱家庭的桎梏。尽管我依旧牵念他们，但我更想自由地呼吸，更想和你在一起……

那天当你和她突然出现在我面前，你觉得我们还有可能么？

她是否你的同学，都一样的。我是说，在你所承受的那种所谓的罪恶感中，其实并不曾增加什么。不错，她是我的妻子，仅此而已，和咱们无关……

　　和咱们无关?！我怎么可能让同学的丈夫做我的情人？兔子还不吃窝边草呢，我连兔子都不如？

　　你不要这样作践自己，我也不想一遍一遍地为自己开脱。这是现实。你也接受了这个现实。你说过你不想破坏我的家庭，只要，我们能彼此相爱。

　　但现在不一样了，这也是事实。我不想爬上我同学的床，真的，我们分开吧。

　　不，你不能这样，不能只管你自己。你不能无视我们的爱……

　　侍者端来咖啡的时候，女人已离开。没有人再喝咖啡了，男人结了账。

　　他追出去。夜晚有点萧瑟。那瞬间的凄迷，仿佛徘徊在伤感的街头。他想了又想，却还是追过去。他不想在拥有了铭心刻骨之后，却失去了她。

　　忽然飘起了秋的冷雨。午夜有点凄凉。谁都没有想到的那星空下的雨，或者那不是雨，只是某种雾霭，就变成了被凝结的夜晚的霜。

　　他追上她，让她停下了脚步。我们，就不能忘掉她吗？

　　忘掉她是我的同学？还是忘掉她是你的妻子？

　　珍惜我们自己所建立的，哪怕只是友谊。

　　女人扭转身看着男人。她曾经那么爱他。雨水浸透了他们的肌肤。那么潮湿而冰冷的寒战。没有人在意路灯下的男女，身边的那条大河，烟雨蒙蒙的河面。女人扭转身看着那男人。不知道多少次，他们从这里去河岸女人的家。然而这一次女人只是看着男人，让潮湿而冰冷的手从男人的脸颊滑过。但是，她轻声说，就像轻轻飘洒的雨雾，这一次，不行。

女人径自转身，朝着家的方向。

女人再没有回头。

被遗弃的爱恨情仇。

后来男人杳无音讯，仿佛人间蒸发了一般。无论怎样周而复始地呼叫，手机永远处在关机状态。于是女人开始焦虑。

事实上，他们分手后的第二天，她就开始给他打电话。她想告诉他漫漫长夜，不能没有你，不，除非你死了。但无论电话还是短信都有去无回。她于是恨那个男人。她的男人。有时候她会不停地拨打男人的电话号码，有时候甚至一打就是几个小时，仿佛永远听不懂话筒里传来的"对不起，您拨打的电话已关机"。

他妈的关机，他凭什么关机？难道他不知道她是怎样疯狂地想念他吗？她想他能来到她的面前把她紧紧抱在怀中，她想要他的亲吻他的爱抚，哪怕他蹂躏她。蹂躏也是一种幸福，甚至，他打她，那受虐一般的，被殴打的渴求和欲望。她想要被他亲吻得嘴唇肿胀周身青紫，她想要被他折腾得精疲力竭七零八落。是的，她快乐吗？她宁可在高潮中死去。她曾经以为这是人生中最高贵的境界，而生命，有时候仅仅就是为了这境界而存在的。然而，他在哪儿？无论在办公室在家中抑或在汽车里，她都在不停地呼叫那个永远没有回音的电话。她近乎歇斯底里地拨打着他的电话，仿佛想要折磨的那个人就是她自己。她甚至以为他已经死了,在荒郊野岭的什么地方,不可能再爱她也不会再牵挂她了。想到这些她不禁悲从中来,为什么,他们的爱要伴随着这么多的痛苦和忧伤。

在如此等待中,半个月过去。她终于熬不住了,便开始兴师动众。以工作为名,她将专栏作家的失踪或不辞而别的消息公之于众。在编辑部这一公开的秘密中,她不再掩饰内心的焦虑。她甚至连淡妆也不化了,只一脸凄惶地走进会议室。她坐下,又站起来,环视长桌旁所有那些熟悉的员工。她长久地一言不发,弄得会场的气氛紧张而压抑。

是的,她说,不能这样,把工作当儿戏。她甚至义正词严,义愤填膺,连平时低沉的嗓门也提高了。你们都知道,这是我一向最痛恨的,动不动就撂挑子。不错,你可以走人,没人拦着你,这世界,离开谁都会继续转动(最难熬的时刻,她甚至想给他家打电话。但思前想后最终还是放弃了。是的,她可以没有他,但不能没有尊严)。有人能跟他联系上吗,截稿的日期只剩下三天了。他如果不想挣《霓裳》的稿费,那么我们只好另请高明。写漂亮文章的人不止他一个。并且,我们也确实应该换换口味了,不能总是吊在一棵树上……

女主编慷慨激昂,振振有词,听上去却仿佛是在泄私愤。其实大家都看出来了,主编和作家之间一定是有了什么问题,否则女主编怎么可能假工作之名,浇心中块垒呢。

专栏的部分总不能开天窗吧?我们是正儿八经的期刊,有那么多读者。你们一定要想办法把他给我找到。如果手机关机，就给他家里打电话。

主编说过之后稍事沉吟，而后快步离开会议室。

不久后女编务推开主编办公室的门，说，谁都没有作家家里的电话。

叫他们去找。主编勃然大怒。怎么就找不到呢？

或者，他……

都两个星期了，没有任何消息。

他怎么敢这样？女编务真诚而挑拨性地愤慨。

是我要离开他的，但是，他却走了。

那是他活该。女编务脸上的快慰转瞬即逝。

可见不到他，才觉出，我竟然那么想念他。

现在的这些男人。你用不着为这种人难过。

如果，他真的离开……

半个小时后，女主编再度出现在大家面前。她将一张写着电话号码的纸条放在蓼蓝桌上，什么也没说就离开了。

蓼蓝拿过那张纸条，拨通了那个号码。她扭转头，看着主编的背影，看着她怎样转身，又怎样背对着他们，关上了自己身后的门。

您好，是的，我是《霓裳》杂志社的编辑，我们一直在等他的稿子，可是……

第十五章

是的，我就是喜欢她，主编的女儿。有时候，甚至是用一种同性恋的目光在欣赏她。当然不是爱，怎么会是爱呢？只是欣赏，把她当做一件艺术品。是的有时候，一些人自身就是艺术。而这种艺术通常是可以悬挂起来供人观赏的。那天作家儿子的婚礼，我们都去了，却很感伤。因为我们已经明白，为什么婚姻必然是爱情的坟墓。两个人，躺在同一张床上，紧挨着，却一如两具僵尸。其实我只年长她几个月，我是说，那天主编的女儿在黄昏的草坡上，她美得仿佛天使在人间。而我却仿佛已经躺进爱情的坟墓，何以如此匆忙地等待着被活埋。是的我想重新写诗，回到从前。但怎么可能呢，那啼血的杜鹃。我觉得我有时候就像疯子，不，不是我，不是我自己，而是那些疯狂的念头，不遗余力地将我带到绝望的尽头。从窗户里跳下去，我真的想过。在最悲伤的时刻，我曾经试图尝试，但最终，最终还是没有足够的勇气来面对自己的死亡。但死亡的方式，相信总是会被选择的所谓天意。好了，不说这些，说挂历上那些美丽的风景。抬起头就能看到金色阳光下的湖岸的芦苇。风乍起，吹皱一池春水。多美的诗行。芦花，在黄昏里摇曳出紫色的光芒。我是说我们写诗的那个年代，连枯枝败叶都会歌唱。是的，我丈夫他有了别的女人。不是猜测，更不是某种感觉，那是确凿无疑的，他身上慢慢飘散的那女人的香。否则他怎么会如此改变？曾经那么坚定不移的姿态，植根于我们的信念中。那是我们共同营造的，有点衰朽的与世无争。我们喜欢这样的方式，甚至为此而骄傲。在如此繁乱的世界中，有我们之间的那片净土。只是一切已经被改变。我并不知道那个女人是谁，她是谁有那么重要吗？关键是来自于这个女人的强大力量，正在蚕食一般地摧毁着我们的生活。我原以为他形单影只，在边缘化的道路上踽踽独行。我还以为他的生活中只有我，只有我是他生命的力量和源泉。但一个被视为唯一的男人，他怎么会蓦地就跳出了你的视野？于是你不认识他了，仿佛从远方来的某个陌生人。我知道这不是我一个人的痛。的确很多的家庭很多的男人和女人。摇曳多姿的出墙，进进出出的围城。恋情，伴随着动荡的心性。没错，我把这些都告诉摄影师了，他就像我的亲人我的兄弟。然后，为着那个我所不知的女人，我报复了，用我的身体。你听不懂我的意思？是的我们做了，我和他。那种乱伦一般的感觉，尽管，那一刻，我们都在巅峰上。你看着他的眼睛，就像是看着你自己。你有过这样的感觉吗？你觉得他就是你，你就是他。至少，他是你须臾不可离开的手足之亲。在暗室里，他一张一张地洗印他的照片。他就是喜欢那种原始的有着化学味道的工艺，喜欢把曝过光的相纸依次放进显影液和定影液，喜欢等待着那些影像怎样在药水中丝丝缕缕地显现出来，然后用木夹吊在线绳上晾干的那种感觉。他说他太喜欢这个流程了，就像在品尝琼浆美酒。我没有别的目的仅仅是为了报复，而我又找不到别的什么男人。唯有他能够帮助我，也唯有他能心甘情愿地献出他自己。为了我，他说他什么都可以做，只要我能实现我的愿望。那天在作家儿子的婚礼上，我第一次见到了他的妻子。婚宴中我们坐在一起。那女人突然对我说，她丈夫其实不喜欢女人。我不知道她为什么要这样说，而且是对一个几乎陌生的人。后来我觉得他只是不喜欢他妻子那样的女人，不不，她非常美，却又非常冷，那种冷的美，你可以想见的。所以摄影师应该不是不喜欢女人，他只是不喜欢她妻子那样无趣的女人，不过这可能是我妄加评判，总之他和我在一起时总是很快乐，尤其在没有发生那些事之前。那以前我已经无数次去过他的工作室，也进入过他那黑漆漆的暗房。那时候我们要共同挑选杂志的照片，尤其是封面的那些女人。在昏暗中也曾有过几次，他突然拥抱我，但我们很快又笑着相互摆脱了。那以后他一直很生我丈夫的气，并扬言想揍他一顿。我知道他是说给我解气的，他怎么敢呢？尽管我丈夫是个书生。那晚上我们都喝了太多的酒。幸亏醉酒前我说完了我的苦难史。我们歪歪斜斜地走出酒吧，谁都说不出一句完整的话了。我们沿着河岸向前走，想着风能帮助我们走出迷茫。后来他说他扛着我把我送回了家，至今犹记门卫那惊恐的目光。那天我丈夫刚好不在家，或者就因为他走了我才去喝酒。已经很多年没喝过那么多酒了，后来发生的一切我都不记得了。岂止不记得，到底发生了什么我根本就不知道。清晨醒来的时候，阳光从窗外照进来，我却看到一个人影站在昏暗中。一忽儿我以为那是我丈夫，定睛才蓦地想起来那依稀的昨夜。我看着那个人影，问他，我们，是的，我们有过吗？你真的不记得了？那么是我要求你做的？他说他知道不道德，但是他妈的他还是做了。说过后他好像真的恨自己，但其实是他协助我完成了复仇的愿望。我们坐在厨房里，喝明媚阳光下的早晨的咖啡。我和我丈夫久已没有这般怡然的情调了。每天早晨他不是匆匆忙忙赶去学校，就是我出门时他还在他的房间里睡觉。我问摄影师，为什么是你？我恳求他，从此每天早晨都来陪我吃早餐吧。对我来说，早餐是一日三餐中最优雅的。早餐没有中餐晚餐那样的铺排，也无须鱼肉饭汤那类世俗的陈设。早餐只需果酱面包，只需浓浓的咖啡的香。于是摄影师想都不想就说好吧，但他却再不曾来过我家，更何谈坐在清晨的窗前陪我吃有情调的早餐。说太久了吧，我听到你在打哈欠，可你还是耐着性子在听我的苦恼。第一次和他长长地接吻，我是说我丈夫，我就知道是他的人了。但又能挽救什么呢？此刻，当然不知道他睡在谁的床上。这个城市那个城市或这个国家那个国家都有可能。和谁在一起？当然还能有谁呢？举证？什么是举证？不不，你弄错了，完全错了。我不是那个意思，只是牢骚而已。我当然不想鱼死网破，更不想伤害他。为什么要和你说？和你说，其实只是想知道，怎样才能找回我的诗……

是的，也许我还不想失去他。

第十六章

　　站台上。女校长忍了又忍，只等着女儿离开的时刻。火车终于开过来。她和她丈夫把女儿送进车厢。一向坚强的女人在火车启动的那一刻竟红了眼圈，弄得车窗里的女儿也掉下眼泪。男人下意识地搂了搂妻子的肩膀，却被她奋力挣脱了。

　　女儿几乎是乞求地看着父亲。意思大概是你不要这样对待妈妈，抑或，你们不要分开。在哥哥的婚礼上，这个女孩已经目睹了母亲和女主编之间你来我往的明争暗斗。她知道为了爸爸，这两个女人一定已经恨透了对方，以至于妈妈竟可以不顾她的感受，当众将她们之间的恩恩怨怨抖搂出来，让她在那一刻，也是第一次，想到了死。

　　如果没有这层复杂的关系，这女孩很可能会喜欢上妈妈的这位旧时同窗。她觉得这个阿姨身上有一种妈妈没有的气质，优雅而高贵，没有哪怕一丝一毫世俗的气息。她第一次看到她时就觉得她长得像法国电影演员凯瑟琳·德纳芙，她甚至觉得爸爸这种行云流水般的男人，就应当爱上女主编那样的女人，而不是古板的妈妈。

但是她必须承受母亲要她承受的那个时刻。在那一刻，她也必须仇恨母亲仇恨的那个女人，必须让所有的痛苦压在自己已经很沉重的心上。她知道母亲之所以把她拉扯进来，就为了让她成为那个不幸的砝码，逼迫女主编良心发现进而退出和妈妈的竞争。看看我们可怜的女儿吧。你怎么忍心破坏这样一个曾经美满的家庭呢？妈妈的招数果然奏效，但适得其反的是，那一刻自惭形秽的是她的女儿，而不是那个高贵的美妇人。她哭着逃离了母亲那近乎邪恶的谩骂和诋毁，她再也不想被纠缠在大人们这些肮脏的恩怨中了。

那晚，当曲终人散，这个不到 20 岁的小姑娘独自坐在门外的阳台上。她说不清自己内心究竟怎样的感觉。总之，是五味杂陈之后的那种沮丧和酸楚，她甚至觉得自己的人生都是失败的。她羡慕哥哥从这一天起，就再不用像她这样承受父母之间的战争了。她也庆幸自己，幸好，不久后就能离开这个让她眷恋更让她疼痛的家了。

她不记得母亲是什么时候坐到她身边的，她只是听到了母亲的声音。搂着你冰凉的肩膀才觉出，妈妈有多残酷，女儿有多可怜。我不该把你也搅进来，这本是大人之间的争斗。妈妈只是，只是想让那个女人看到，我们的这个家，曾经多么美好……妈妈对不起，你不会恨我吧？能原谅妈妈吗？你说话呀。

女孩想说，那本是你和爸爸之间的事情，为什么让我们也深陷其中？你知道我和哥哥有多痛苦吗，甚至每一天的每分每秒都度日如年。这些话想都不用想就能脱口而出，但女孩却最终什么也没

说，只是眼睛里汪着泪。她任凭女校长紧紧地搂着她，任凭她在她
的耳边用恶毒的语言诅咒那个德纳芙一般的女人。她觉得这些对
自己来说已经无所谓了，她只想快点离开这个家。

就没有什么想和妈妈说的吗？

女孩无言。

你还在怨恨我？

女孩想要挣脱母亲的怀抱。

你甚至觉得我不如那个荡妇？

妈妈！

你到底站在哪一边？

你们别再折磨我了！女孩近乎歇斯底里地喊叫。

我是那么爱你，你却和你爸爸沆瀣一气？

爸爸怎么啦？他怎么就不能追求自由……

女校长蓦地抽回她的温存。那一刻她忽然觉得连女儿都背叛了
她。于是某种更深的恨意油然而生，甚至觉得已经不再爱自己的女
儿了。

或者是为了想转移话题，缓和母女间紧张的气氛，女孩抹掉眼
泪，对母亲说，下午，一个姐姐说……

什么姐姐？女校长陡然紧张起来。

女儿转过头去，不再讲话。

说吧，怎么回事？

女儿依旧缄默不语。

我是你妈妈。我求你了，还不行吗？

反正你总是不高兴。

我有我的苦衷，你都看到了。你爸爸整天和那个女人不三不四，妈妈怎么可能和颜悦色？说吧，哪个姐姐，她都对你说什么了？

从美国回来的那个姐姐说……

你是说那个妖精一样的女人？她和她妈妈一样也不是什么好东西，你怎么能听她胡言乱语？

女儿站起来，被母亲拦住，说吧，她都对你说了些什么？

女儿眼睛里含着泪。在暗夜中闪出凄惨的光。告诉你，你也不会高兴的。

她到底说我什么了？

妈妈，你干嘛总是阶级斗争，把所有人都当敌人？这样你心里就快活了？我怎么知道那个姐姐是谁，我只是觉得她对我很友善。

口蜜腹剑，就是有一些这样的人，谁知道葫芦里卖的什么药？

那就不说了。女儿转身离开。

不不，你说你说。现在妈妈就剩下你一个亲人了，好孩子，求你了。

她说，她说等我大学毕业后，她会帮我申请美国大学读研究生。

母亲怀疑的目光。

还说会为我写推荐信，会照料我在美国最初的生活。我听了之后当然很高兴。

就这些？

就这些。

谁稀罕那些美国大学。妈妈没有去过美国，不是也工作得很好吗？美国到底有什么好？像她那样，就差把整个胸脯都露出来了，我们怎么能跟她学？

我就是想去美国读研究生，在那里可以接受更好的教育。

更好的教育？这里的教育有什么不好？我们有五千年的文化传统，它美国才不过两百年。既然你已经考上了名牌大学，就应该在自己的祖国继续深造。干嘛非要去美国？谁知道你会被塑造成什么样？不行，首先我这里就通不过。

爸爸已经同意了。

你爸爸？他有什么资格决定你的未来？他管过你什么？是我让你上最好的中学，也是我给了你最正统的教育……

爸爸怎么不对啦，他至少能理解我们这一代年轻人。我们最讨厌你这种女校长的叫嚣了，你忘了同学们是怎么说你的？

我不管他们把我说成什么，但至少我的中学全省升学率最高。

你这种应试教育有什么可骄傲的？我就是要去美国，无论通过谁，那是我的梦。

我不许你再和她们有任何牵连，你爸爸一天到晚跟她们纠缠还不够吗？

女儿狠狠地摔掉身后的门。然后是爸妈激烈的争吵和相互指责。她深知父母间的裂痕已无法弥合，她甚至觉得爸妈就应该分开了，否则每天在战争中，不知最终会如何收场。

信号灯变红的时候，作家拍了拍妻子的腿，意思是劝她不要再哭了，却被女人蛮横地推开。其实从家里出来时男人就有预感，那一触即发的战争已势所难免。坐在副驾驶位置上的女人终于爆发，在汽车里歇斯底里地又哭又闹。她不停地抱怨不停地诅咒不停地诋毁身边的男人……

猛地刹车，汽车在路面上摩擦出撕心裂肺般的声响。在旋转了不知道多少圈后，汽车终于跌落在高速公路的壕沟里。幸好树林茂密，杂草丛生，汽车被悬在丛簇的枝杈间。惊魂未定中女人高喊着男人想要杀死她，却偏偏她安然无恙，毫发未损，反倒丈夫满脸是血，被送进医院后缝了好多针。

从医院回来后他们长久地沉默。黑暗中，男人躺在床上，脸上的伤口隐隐作痛。傍晚的事故不仅报废了汽车，还让他们长久地心有余悸。从此他们不敢再提那惊悚恐怖的瞬间，尤其不愿涉及汽车上那场疯狂的争吵。或许他们共同经历了那场可怕的车祸，或许庆幸他们终于死里逃生，于是回家后的几个小时，他们暂时处在了休战状态。

然而没过多久女人便故技重演，导火索是男人接听了女主编的一个电话。女人本可以借此兴师问罪，大做文章，但顾及到男人有伤在身，便改变了方式。

她先是旁敲侧击审问电话的内容，然后便开始重复车上的话题。被那样的女人看上的男人大都是有家庭的，譬如你。

男人笃定不想争吵，于是静静躺着，慢慢觉出来周身的痛。他说他觉得五脏六腑都仿佛错了位，他没说在这种时候，为什么女人依旧斗志不减。

女人说，我只是想把我的意思说出来。我怎么也不会想到经营一个家庭会这么难。为什么我能把我的儿子女儿轻轻松松地送进高等学府，却不能让这个家庭幸福美好。我不想说我那位同窗年轻时就很风流，身后永远有无数男生追随她。她到底睡过多少男人谁都不知道，却突然休学，一年后就有了她现在的女儿。到底谁是那孩子的父亲至今仍是谜团。当然我无意鄙薄这种女人，每个人都有自己生存的方式，但前提是，你不要搅乱别人的生活。

妻子为丈夫做了面汤。她知道这是她此时此刻应尽的本分。她听着他吞咽面条时那吸溜吸溜的声音，却再也找不回往日的温馨。于是她意犹未尽地说下去，她不管男人是否困倦，是否能承受她的宣言。

她说社会上就是有一些这样的女人，她们总是见缝插针地觊觎着别人的丈夫。她们事业有成，锦衣玉食，光鲜亮丽，唯一的缺憾就是身边没有属于自己的男人。于是她们尽管有着绚丽的生活，却很难找到能和她们匹配的爱情。她们知道那些和她们智力相当、财富均等的男人大多不会选择她们，因为比起她们，那些男人更倾向于迎娶年轻（年轻到可以成为他们的女儿或孙女）貌美的女人做自己的老婆。而这些女人也刚好不想在自己一路含辛茹苦构建的宫殿中，让随便什么别的男人走进来。

男人推开他的汤碗，说他很想吸一支烟。然后红色的火光在暗夜里明灭。仿佛又回到了从前的某种状态，倘若没有女校长没完没了的抱怨。

于是这些女人转变了观念。她们何必非要一个专属于自己的男人呢？与其嫁给一个不中意的男人，与其耗尽心力地相互磨合，勉强生出些许爱意，不如以最单纯也最原始的方式，也就是性的方式，来平衡她们的生理生存呢？

男人仿佛发出鼾声。

我还没说完呢！

男人被惊醒，想要发作，却坚持着靠在床背上，说，好吧，你继续说。

后来这些女人干脆连爱也不要了，只要和男人赤裸裸地做爱。这对于她们来说可谓不费吹灰之力，她们轻而易举就能得到她们想要的男人，既然仅仅是为了性。慢慢地她们不甘于只做性的游戏，她们开始挑剔，开始寻找那些能和她们旗鼓相当的男人。那些有权有势有名头有品位的男人，甚至，你这种曾经郁郁不得志而又储备着无限能量的男人。她们将目光投向这些符合她们标准的男人身上，她们不管男人的家庭是否和谐安稳美满幸福。别人的家庭对她们来说根本不足挂齿……

你觉得女儿这会儿到学校了吗？男人开始焦虑。

这些女人一座房子一座房子地仔细搜寻着……

男人看着墙上的挂钟，她为什么还不打来电话？

你在听吗？

男人无奈。

其实她们的目的极其简单，就是要成为那些精英男人的红颜知己。对她们来说，性不再简单地建立在性上，而是要建筑在精英的基础上。为了精英，她们不惜低到尘埃里，不惜风骚而轻薄地勾引她们想要的男人，且认为天经地义。在这个掠夺的过程中，你看到了，这些女人毫无廉耻之心，也绝无愧疚之意。

或者我们给女儿打个电话？

这些侵略者大言不惭，堂而皇之地潜入他人的家庭。然后妻子们开始焦虑不安。那隐隐的危机四伏让她们张皇失措。哪怕很小的一次风浪，都会把她们逼到绝望的死角。她们为此而惊恐万状，不知道从哪个突破口就会彻底撕破家庭的防线。她们没有精神准备，亦无抵抗那些侵略者的能力。她们似乎只能坐以待毙，在家庭的灾难中被慢慢淹没。

然后是，黑暗中长久的沉默。

说完了？男人淡淡地问道，似乎在期待一波新的浪潮。

妻子们之所以惶惶不可终日，是因为她们对那些漂亮的狩猎者防不胜防。

男人在黑暗中擦亮火柴。

就这样，一些看似平庸的女人被那些骄纵的女人所威胁。但是，难道平庸就没有享受幸福的权利吗？

有些言过其实了吧？

然后你们丢下我们。你，丢下我。

男人恍然。

这个社会不再有伦常之道，亦不再保护无辜者。她想要的，她就能拿走，没有底线，更无灵魂。何以如此？她们生就厚颜无耻？不，不是，是人类自身，人类自身那动荡漂移的天性。所以谁也不怨，什么都在变化中，何况原本就不可能稳定的婚姻。

烟头上的红火被掐灭。男人从床上站起来。说完了？男人说，很好。就像一篇很有见地的伦理学论文，你什么时候完成的？真的不错，嗯，有感而发？男人说着走出卧室。

为什么不留下来？

男人走进他的书房。

今晚，我可以照顾你……

男人关上了书房的门。

留下女人独自在卧室。这里是整座房子里最大的一间。能装下多少爱，或者，能装下多少怨？却空空旷旷，她一个人。接下去怎么办？是顺其自然，还是宁可相信那女人只是雁过留痕。

第十七章

　　女编务意味深长地将策划书交还蓼蓝。她故意将被主编修改过的部分展示给蓼蓝。显然主编对这期的策划很不满意，批注说，过分另类的话题只会将社会导向无序。蓼蓝一个字一个字地分析主编的意图，不时能感觉到女编务投来的幸灾乐祸的目光。她不用抬头就知道那女人有多邪恶，就那么目空一切地坐在那里，俯瞰整个下沉式的办公大厅，任何人都逃不过她鹰隼一般的目光。

　　蓼蓝早就适应了这种无所不在的监视。很多年来，她就是在这样的"探头"下工作的。她不是也混成了《霓裳》"话题栏目"的主持人？不是也将她的位子坐得稳稳的并不断加薪？所以她不惧怕这样的监视，甚至不屑于那个自以为明察秋毫的老女人。她何德何能，无非主编门外的一条狗。当然蓼蓝也无意招惹她，尤其在近来心绪不宁的状态下，就更是懒得搭理这个老女人了，无论她在主编的面前怎样诋毁她。

　　蓼蓝认真地揣摩主编的字里行间，希望能由此生发出一些新的创意。但又总是心不在焉，明明读过文字却毫无印象。是的那些策兰的诗占据了她。让她满心伤悲，那爱而不能的爱。为什么他对他的行踪越来越讳莫如深？思绪又蓦地滑到了她丈夫。为此他频频打出"协约"的旗号。

是的那时候她正流浪于红男绿女的诗人中间。自由自在地呼朋引类，夜夜笙歌。那时候她还不想离开这灯红酒绿醉生梦死的生活圈，她喜欢酒吧中那种迷乱而又总是微醺的状态。那种 high 的感觉真是如梦如幻完美极了。既然写诗，又哪个会不喜欢金斯伯格的《嚎叫》？那"垮掉的一代"本身就是诗篇，为此她竟然执迷不悟地飞往美国，就为了寻访这"恶之花"般的放浪形骸。在美利坚辽阔的国土上她什么地方都不去，半年的时间里她只徜徉于旧金山那谜一般的北滩。她甚至让自己的作息时间也屈从于那些波希米亚式的艺术家们，白天，她用整个下午泡在"城市之光"书店里，仅仅是因为书店橱窗陈列的全都是"垮掉一代"的照片。那是劳伦斯·佛林格蒂专为他的同好们开办的书店。凯鲁亚克、佛林格蒂、金斯伯格，那些有着断袖之爱的歇斯底里的诗人们。她永远都忘不掉书店经理那大而无神的蓝眼睛，忘不掉他缓慢而温和地伸过来的潮湿的手。然后温暖而迷人的加州夜晚到来，街角处那醉生梦死的著名酒吧。在裸露着上身的女人舞蹈中，喷薄出永恒的泡沫一般的诗行。于是她浪迹于扭曲而放荡的波希米亚们之间，在酒和大麻甚至做爱中消磨湾区的漫漫长夜……

但她终究委婉地告别了这一切。没有华丽转身，只是，默默将自己坠落到一个未知的世界。或许，对即将离开随心所欲的生活还有些许不忍，抑或，对那些爱的不爱的上过床的或仅止于意淫的朋友们还有着某种剪不断的牵念，她才会以自由战士般的胆略，勇敢地提出可以婚姻，但各自为政，尤其不能丧失比爱情更加宝贵的自由。而他，她的丈夫，竟毫不犹豫地就接受了她的理念，以至今天竟成为了他放浪形骸的挡箭牌。

你是始作俑者。这是男人唯一的解释。

于是，她想再回到酒吧街上那个"烂诗人"群体中。她也尝试着这样做了，在那些她刻意营造的独守空房的寂寞中，捱着那些温暖的长夜。苦着自己，就像弗洛伊德的那些自虐狂。但为什么要苦着自己？当自己的男人有了别的女人？那么，她怎么就不能回到她的"别人"中呢？那漫漫长夜，她独自一人。醺香烛泪，伴随着无边的厌倦。是的，本质上她并不是那种能耐得住寂寞的人，她只是让自己看上去能守住凄凉罢了。但是，她到底厌倦了她自己这一番朝来风晚来雨的做作。于是她鼓足勇气。她知道告别是需要胆量的，只要她能跨出那一步。

她推开那家过去常去的酒吧的门。恍惚间那些面孔似曾相识。依旧地乌烟瘴气放浪委靡，依旧是，三十年代流行的那些靡靡之音。她仿佛重新找回了自己那缭绕中的自由气息。你会觉得，在这里，你真的可以随心所欲。很享受的一种个体的境界，在此你拥有对自身的所有权利。她于是在这种权利中自由行走，一种近乎于舒畅的感觉。

那所有的似曾相识，却忘掉了，在这里，你到底还认识谁。

一个声音，你，离开得太久了。

她找到了那声音。的确。她承认。然后坐进火车包厢一般的烂椅子中。

很脏的气味，好像腐尸糜烂。她却和男人挨得很紧，几乎在他的臂弯中。她爱过这个男人也和他上过床。曾经很爱，在龌龊的昏暗的弥散着精液味道的陋屋中，然后他们告别。她问他为什么总是告别总是告别总是……

男人说，人类怎么可能永远重复一种劳役呢？所以西西弗的传说纯粹是他妈的狗屁。

她在肮脏的温暖中慢慢复苏。她怎么可能长久地煎熬在淑女的生活中？她觉得唯有吸食这里的空气才能还原真实的自己。她不想为了爱情而失去鱼的尾巴，她不是那个能够自愿牺牲自己的傻美人鱼。然而她还是突然忘记了她真正想说的是什么，思绪就像流星一般总是稍纵即逝。没有能抓住的就会倏忽跑掉。而丢了思绪就如同丢了最珍贵的一部分生命。

她和他坐得很近，几乎在他怀里。她靠在他的肩膀上，就让她觉得找回了往日迷茫。她偶然抬起头才看到了对面的男人。很漂亮的年轻的男人，却充满警觉地盯着她。那目光中，她看出了他的爱恨交加。她知道他是喜欢自己的，却更怕她抢走他的男人。

她问他，你读过金斯伯格抑或策兰么？

他回答说诗人是完全不同的，我只喜欢我喜欢的类型。

然后她挣脱了男人的臂膀，看着他说，你终于不用遮遮掩掩了。

男人吞云吐雾伴随着烈酒，说，是你自动离开我的。

那么，我们是误会啦？

我爱过你，这你知道。然后男人挑衅地看着对面的年轻男人。

那年轻人，眼窝里竟然灌满了泪水。

男人回过头来上上下下地打量女人，又用手撩开她蝉翼般透明的衬衣。你过去从来不戴这种他妈的乳罩，我记得你崇尚自然，甚至讴歌过扁平的胸膛，你还记得吗？

我怎么穿戴和你有什么关系？

这意味着，你正在失去人格，向着最平庸处堕落，你不感到羞愧吗？

没有了爱，也就没有了诗，女人的眼泪终于涌出来。她被紧紧地抱着，抚慰着，却一如独自一人。

那是你最后的诗，我始终记着，如烈火干柴般的《婚床》，却像死亡的祈祷。然后就再没有你的声音了，你不在时，诗已经向前走了很远。

女人站起来。知道已经昨是今非，再也找不回自己了。

一个消费的社会，沙漠一般地，一层层覆盖，诗人说，你怎么能指望还会被别人记起呢？

女人走出晦暗的肮脏，走出混浊的自由。再也回不来了，被风沙层层掩埋的，那曾经的璀璨。

蓼蓝回忆着这些过往的悲哀，竟慢慢熬过了整个上午。她只是没有能从主编的只言片语中领悟到真谛，哪怕，她确实读过了主编批注的每一个字。她只是下意识地一页页翻过，她知道她的动作很机械。直到最后一页，终于完结。她以为已经完结，却突然地，又跳出来满纸密密麻麻的文字，一页紧跟着一页。她于是惯性般地继续看下去，那字字句句一行一段，她突然惊呆了，惊到，她不得不把那些文字立刻锁进抽屉；惊到，她发现自己正在进入一个危险的领域。她为此下意识地窥视主编门外的那位女编务，她实在不知那些老道的文字到底出自谁手。

是的那些精彩的文字正在讲述着一个比文字更为精彩的故事。蓼蓝立刻被吸引住了，并恍惚看出了其中各色人等的影子。故事中的人物似乎都来自编辑部，并且也都使用了他们的真名。只是这些名字大都用英文字母替代，譬如蓼蓝（是的她看到了自己的影子），她的代码就是 L。而这位 L 的一言一语一举手一投足，看得出那分明就是蓼蓝自己。

当莫名其妙进入了这个深水的领域，她突然觉得已大难当头。她并不知道这些文字出自谁的笔下，那蝇头小楷，不，她并不熟悉这劲道的文字这酣畅的描摹，是的，谁呢？女主编？还是女编务？毕竟，她交上去又返回来的这份策划书只经过了这两个女人。

午休时间。人们纷纷出去用餐。没有人招呼蓼蓝已成惯例，因为大家都知道她特立独行，从不愿和别人同行同止。主编最后离开办公室，她是和女编务一道走出大厅的。她们边走边谈论着什么，几乎没有朝蓼蓝这边看。待她们离去，办公大厅就几乎没人了。

这空空荡荡。空空荡荡的危险。蓼蓝站起来环视整个大厅，直到她确认不再有任何人。于是她小心翼翼地拿出密密麻麻的文稿。她想看却又不敢明目张胆地看，她只好用策划书遮掩住那个让她欲罢不能的故事。她一行一行地读下去，她觉得这样的阅读就像是在偷窃，是的这和犯罪没什么两样。几乎编辑部里的每一个人都可在此对号入座，甚至女主编和女编务都在劫难逃。于是越看越让人迷惑，似乎编辑部的每个人都可能是作者。

蓼蓝怀着忐忑，飞快翻阅，生怕什么人突然回来发现她的秘密。她拼命读着那字里行间，想要找出真正的作者究竟是谁。他怎么能如此酣畅淋漓地取笑或诋毁编辑部里的每一个人，甚至他们的亲属？他谙熟编辑部每一个人的来龙去脉乃至他们不为人知的那些深藏的隐私。简直太不可思议了，这个人，他到底怀有怎样的怨愤和激情，才能完成如此酣畅淋漓的写作。这个人，他，他到底想要干什么？

蓼蓝便怀着这样的疑问在文字中仔细探寻，哪怕蛛丝马迹。但她就是什么也看不到，怎么也找不着，唯有不知不觉地跟随着那些文字滑行在阴郁而晦涩的故事中。是的所有那些，人所不知的欲望和隐私，那些，她拼命想要得知的暗示。

一个新的段落，《人约黄昏》。很优美的文字，哪怕带着血腥。应当说她喜欢这个长歌当哭的故事，一段被欺骗的爱的挽歌。那支离破碎的爱与恨，被清晰而隐晦地表现了出来，那是唯有切肤之痛才能转述出来的一段悲怆。

118

　　但是，她知道她已经看不完了，无论怎样一目十行。她觉出人
们正陆陆续续地从食堂回来。于是她急中生智，想到了复印。接下
来她将一张张写满故事的纸张塞进复印机。这本不是什么难事，但
匆忙与焦虑间，她却手忙脚乱，周身发抖，不是拿错了页码，就是
让复印好的文件飘落地上。那一刻她觉得自己就像好莱坞电影中
的女侦探，必得在追杀者到来之前，将罪犯电脑里的犯罪证据复制
到 U 盘里。正在拷贝的罪证在屏幕上像河流一般慢慢流淌，而这
时候杀手已经打开了黑暗中的门……

　　太刺激也太紧张了，她几乎喘不过气来。可她并不是好莱坞的
那个女侦探，杀手凭什么非要等到她完成所有取证之后才出现？又
怎么可能总是在关键的时刻化险为夷？何况她并不是侦探，只是想
要盗取别人隐私的窥阴癖。是的，是她在窥探他人的隐私，是她在
偷着别人的灵魂。是她在好奇心的引领下，无意间看到了本不该做
爱的人在做爱。那么，她的好奇心满足了吗？她的窥视欲得逞了
吗？于是，她离灭亡也就不远了，因为她读过石泽英太郎的小说
《隐私知道过多的人》，她知道这种人所面临的可怕的结局。

　　午饭后人们陆续回到办公大厅。这时候蓼蓝已完成了她的拷
贝。她将被复制的故事锁进抽屉，想着就可以将原稿物归原主了。
她从容淡定地拿起那份原稿，走出办公室才恍然意识到，她并不知
道这份原稿的主人是谁。是谁将这些可怕的文字夹带在她的策划
书中？又是谁非要让她读到那些她本不想知道的是是非非？那么，
既然她无从知道这些文字的作者到底是谁，她又何苦要战战兢兢

地把它们复印一遍呢?

她一如既往地独自午餐。她喜欢食堂里这个最后的时刻。在空旷的大厅里用餐者寥寥无几,玻璃天井上却射进来很明媚的正午阳光。她坐在她喜欢的角落里享受阳光下的午宴。平时她总是优哉游哉,此刻却满脑子的横刀夺爱,手足反目。那些抹不掉的文字既像独白,又像第三人称隐晦的叙述。且叙述中不断转换叙述者的视角,更让人云里雾里很难梳理。

总之那是一段伤心的往事,关于爱的。一个男人被夹在两个女人中间。这样的三角故事遍及古今中外。后来有了孩子又有了男人的死。于是所有的人都成了罪人,而谢罪的最好方式竟然是,他们都忍痛包庇了对方。显然这是最好的结局了,何苦,让那些已然长眠的人来讨伐活着的罪人?

是的这痛彻心扉肝肠寸断的描述不像小说,更像是纠结于心的真实诉说。是谁经历了这惨痛的无妄之灾?又是谁,隐忍着,舔心上的血?

是的,她没有看到那个最后的终局,作者也似乎不想让人们看到真相。在这个欲言又止的故事后面,又突兀地跳出来一段夹叙夹议,和刚才的故事毫不搭界。如此艰涩而隐晦,好像在刻意隐瞒什么。或者作者自己也没有想清楚,他到底该不该将这尘封的往事大白于天下。

总之云山雾罩,遮遮掩掩,一如缭乱的星河。然后另一个故事开始,最初的几行,是关于血脉的。

就像癌症患者的后代，最终难以逃脱基因的左右。而血脉在某种意义上就是宿命，而宿命是不能抗争的。所以什么样的家族必然就有什么样的后代，而什么样的传统也就必然会有什么样的沿袭……

然后那文字就断掉了。

第十八章

终止呢，还是继续？他们始终在两种选择中举棋不定。策兰向他的艺术家妻子坦白了他和德国女人之间的一切，当初的爱，爱而又不曾珍惜的那些岁月，以至，当他们已经各自有所依附，当他们重逢，便又开始了从不曾忘却的爱和做爱。

德国女人也开始给策兰的妻子写信。除非那妻子默许了他们在科隆的疯狂。大教堂或许就是那爱的见证。抑或那艺术家的妻子能做到熟视无睹。但最终没有能读到德国女人写给策兰妻子的信，便也无从得知她们是怎样相互原谅或宽恕对方的。

悖论。在德国女人和策兰的妻子中间。策兰原本是德国女人的，她却选择了放弃。当策兰拥有了艺术家妻子，她又回来了。当她很多年后与策兰再见，妻子，就自然而然地成了那个无辜的受害者。

当这样地通信，女主编问，爱情还能继续吗？

男人不置可否。

女人说，当初，我们在一起的时候，我们并不知道她。即便知道，也不是现在意义上的那个她。那时的她，之于我们，只是个我所不知的所在。我对她或者会有某种歉疚，但我无须在意。我们之所以能在一起，是她的问题。她不能让你爱她爱到从此不再动任何女人的念头……

他们这样讨论的时候，正躺在女主编硕大的床上。这床通常只睡她一个人。一个人的凄凉。

是的我们曾经一个宿舍，也可以算作同窗好友。她那时并不像你描述的那样古板而拘谨。她开朗而活泼，她喜欢邓丽君，也唱邓丽君。想不到中学校长的职务就像铠甲。当然，当然是环境造就人。人类永远都是环境的产物。

是的，我们可以终止也可以继续。这个时代早已不再非此即彼。我从不讳言，我喜欢你，也喜欢我们之间的关系。如她所言，我确实不想结婚，更不想拆散你的家庭。我从来没做过妻子，所以我害怕那个陌生的角色。对我来说，只偶尔拥有你，就足够了。是的谁能保证一旦我们真的在一起，不会成为彼此的敌人。

她很痛苦，近乎歇斯底里，这我当然知道。那些，等不到你的凄凉，那些，你睡在书房里的夜晚。

很多的不了了之，那曾经的爱情。却最终走不出，婚姻的罗网。于是像飞蛾扑火，在激情中沉落。太多这样的朋友了，几年，十几年，几十年，纠缠于没有未来的期待中。只依然维系着那丝丝缕缕的爱的关系。就像慢慢熄灭的炉火，让爱意悄悄地远，让激情不着痕迹地淡。然后在晨风吹起的时刻，荡起涟漪，而后黯然。任凭风流云散，流水落花，又何尝不是结局？

第十九章

　　月夜。透过窗，看辽远的星空那么澄澈。萧瑟的风习习吹来。盛夏一如逝去的云，被季节带走。明媚的夜晚，高悬星月，床上，她一个人。一个人想着那个几乎天天在出差的男人。

　　她睡在床上，却毫无倦意。独自的那种期待，连同，刻意为自己编织的那凄凄惨惨戚戚的情境。好像又回到了某个从前，她迷恋的那些往昔的岁月。她生婚姻的气，一如生自己的气。她不想打开电视，不想读书。甚至不想思念不知身处何方的那个男人。

　　他开始孔雀开屏一般地炫耀他的爱意。他开始喜欢穿好看的衬衫名牌的 T 恤以至于男用的香水和须后水。他当然不是为了自己，他并不着迷于自我的气息，显然那是给别人的，无论出差到怎样偏远的地区，他都会带上他的迷人的香水和皮包。

　　曾几何时，她几乎不认识自己的男人了。那长吁短叹布衣短衫就差长袍马褂了，尽管他是研究外国文学的。又曾几何时，远离那再也唤不回的对家的牵念。家有糟糠，对他来说，已然无奈的现实。她睡下，又醒着，思绪纷繁。

她总是觉得自己忘记了什么，是什么呢，那丝丝缕缕牵扯。她开始遗忘那些她不喜欢的。但哪怕她喜欢的，也还是遗忘。她觉得她的颅骨正在和她的大脑慢慢剥离。那缝隙越来越大，仅仅是因为，她的脑神经正在势不可挡地萎缩。比起被遗弃她可能更害怕帕金森氏症。直到什么都不记得了，直到在无知无觉中死去，又何尝不是幸福？

那些被复印出来的恩怨情仇，她终于想起来到底是什么在诱惑她了。她不知那密密麻麻的几页纸究竟是属于谁的，亦不知这些残稿断章该怎样完璧归赵。或许是写作者诚心要她看的也未可知，只是，那些文字到底想要说明什么或暗示什么？

于是，在离开办公室的时候，她终于看似漫不经心地将原稿丢在了办公桌上。她以为，想要找到这几页纸的那个人一定会回来。

在台灯下捧读秘闻的感觉真是快意极了。仿佛喝了咖啡般兴致盎然，哪怕彻夜无眠也不会抱怨。《人约黄昏》的一章，还是从血缘的议论开始，尘归尘，土归土……

她坐在我面前满眼是泪。她说她已经离不开他。她说他们并没有那么无耻，他们一直拒绝着直到第三个晚上。然后一发而不可收，既然有了第一次。她说是她给了他生命的力量，她为什么不能拥有他。她说这样的情事，不是每日每夜每分每秒都在发生吗，有什么了不起。这个世界就是这样，哪怕他们并不相爱（但我们相爱），哪怕他们在一起只是为了坠入深渊。她说她要她喜欢的这个男人，也要名正言顺。她说，我要他是为了自己，但也是为了他。

最后的通牒？

她从不在意别人的感受，哪怕肝肠寸断。在她的心目中只有
"我"，从来如此。否则就不会有她的掠夺，她的无耻，乃至于日后
无尽无休的歉疚感了。

她一直想问她的男人却一直没有问。男人和不同的女人做爱到
底有什么差异？同样的器官，上帝造人，却为什么突然就不想沿用
原先的器官了？是因为千篇一律，还是厌倦了，乃至销蚀了爱？在
两性关系中又怎么可能没有爱？嫖妓的那一刻应当也是爱妓女的，
哪怕只爱她的器官。一旦不再有，你便知道，爱，其实已经转移
了。不，那决不是简单的物质的做爱，而是被精神所操控。那么，
她宁可她的男人是为了其他的什么目的，某种利益的寻求？那样，
他就不是为了自身的渴望了，而只是为了满足对方。于是他哪怕竭
尽心力，仅仅是为了报答。那是他不得不做的某种官能的配合。但
到底他们还是实施了交配，哪怕敷衍。而她拼命想要知道的是，她
的男人，在满足他人的时候，是否也得到了自己的欢乐。

如果，他真是为了某种他想要的东西？

唯有他和她在一起的时候，没有利益。他们只是深爱着对方，
只是在爱中获得各自的欢愉。如果非要有利益的话，那么，他们的
利益就是在性爱中建立持久的相互关系。这是他们唯一的寻求了，
而他们的家庭，就建筑在这个基础之上。于是他们之间没有谁为了
什么而满足谁。他们都不可能为对方带来什么世俗的好处。他们只
是单纯地相思，并做爱，所以她永远无法参透丈夫和那个女人之间

的关系。或者那女人也像她一样，从她丈夫那里获取的最大利益，就是他给她带来的性高潮？

翻到下一页，那男人说，不能像这样再继续下去了。但女人不管，她说，那一刻，她觉出了周身血管里的血都在燃烧。窗外秋蝉，悲悼着夏末。是的，她感受到了血在燃烧，那是她从不曾经历的一种感觉，哪怕曾经沧海，哪怕她眼前的这个男人很可能一文不值。她一件件脱掉自己的衣服，她说这一刻，觉得自己就像妓女。她还说她研究过了，几乎所有杰出的男人都是做爱高手，如果连做爱的激情都没有的男人他怎么可能是精英呢。她还说不是想要男人的女人就是无耻的，否则女娲凭什么造人，伊甸园又何以会生出迷惑夏娃的禁果？女人决意解开男人衬衣的纽扣。动作有点蛮横，或者她痛恨这种故作洁身自好的男人。如此绵密的纽扣终于让她失去了耐心，她干脆撕扯开男人的衬衣，急不可耐地让她的肌肤感受到男人的体温。就这样，男人被女人剥光，赤裸裸地任激情澎湃涌动。不再有任何遮掩，一览无余。于是他任凭女人，在他的身上耕耘，且身不由己地将他的欲望也加入到了女人的疯狂中。他喜欢这个女人吗？他想要得到的到底是什么？他知道如果真的加入进去那么等待着他的，也许不是身败名裂，就是家破人亡。他知道爱情力量的摧枯拉朽，性交欲望的势不可挡，而罪恶，通常就发轫于这种邪恶的关系。但是此刻，他已无处可躲无路可逃，他已被绑在战车上。在如此充满诱惑的身体面前，他已经不能不随之起舞了，哪怕他只是用感官去亲近那迷人的所在。他不能眼看着晃动的乳房而不去亲吻，亦不能在诱人的撩拨中毫无作为。是的他不能，但那一刻，就在那一刻，他确实想到了妻子。这说明他是有着道德底线也能感知到罪恶的。但女人就在他的身上，用丝绸一般柔软的身体揉搓着他。于是他不得不抱住女人在她的耳边轻声说，是她让他有了向上的欲望，也是她将他从坟墓般的潦倒中拯救出来，让死灰复燃。当然，还是她，无偿地给了他所有功成名就的机会，让他成为学界翘楚，名声远播……

于是，来报答吧，女人没有什么可歉疚的。她眼看着男人的身体怎样一寸寸地膨胀起来，又怎样让道德的城墙在欲望中轰然崩塌。是的，她有什么可歉疚的？是他欠了她。他头顶那些星辰般的头衔和荣誉，是她所付出的努力。于是，来报答吧，哪怕彻夜，哪怕一夜接着一夜……

她突然醒来，眼角有泪。这才知道，是一场空梦。梦总是空的，停留在意识中，然后梦醒，紧接着破碎，被遗忘。她说过她不想成为丈夫的羁绊，更不愿丈夫因她而无情无义。她不喜欢波伏娃鄙夷的那种被男人塑造的女人，只循规蹈矩地生活在世俗的节奏中。知恩图报，当然是一种美德。你想要的东西，既然人家给你了。然而没有不付费的晚餐，那是必须付出的代价。要偿还，要礼尚往来。于是她终于看清了，他们这个家庭末日一般的未来。

慢慢地她开始原谅自己的丈夫。她觉得这个偶人一般的男人其实很可怜，被各种女人控制在她们各自的绳线中。他不是没有自己的追求，而是，没有足够意志力。要么沉沦要么崛起，沉沉浮浮，竟全要仰仗于绳线的力量？

　　从此她恨那绳线，那入侵者，哪怕她并不知道那些女人是谁。她只是恨那些无形的存在，非物质的，观念中的，却能够感觉到的。那恨，绵长而热烈，经久不息。她恨她们胜于恨自己的丈夫。

　　但伴随着时日，慢慢地，她的想法发生了变化。她开始恨自己的男人胜过恨那些虚无的女人。她问自己，一旦亲人受到伤害，她是抱怨对方呢，还是斥责自己的亲属。后来她发现大凡遇此情境，她下意识的第一反应竟然不是和亲人一致枪口对外，而是，抱怨自己的亲人。于是她开始反诘自己，为什么总是指责别人？自己的男人就没有责任么？进而，她作为妻子就完全是无辜的？如果她能给予丈夫想要的那些，如果她能将他拴在自己的爱意中，如果，她的男人能始终不渝……

　　但是，他没有。

　　最后，她终于将自己的男人认作了难逃其咎的第一罪犯。如此翻然悔悟，让她蓦然觉得平静了许多。柳暗花明一般地，她不再烦恼，也不再跟自己较劲。她知道这是自己的一次优雅的升华，凤凰涅槃一般地，她终于超越了她自己。这转变让她无比欣慰，尤其在这个不眠的午夜。

第二十章

她坐在她的对面，说对不起。我根本就没想过这是在破坏别人的家庭。我并不爱你的丈夫，我们只是相互喜欢。超越了性别的那种很好的朋友。但无论女人怎么解释，那苍白的妻子依旧冷冷地坐在斜阳里，不经意摆出的那种很优雅的姿态。她就是那种很美的女人，美到凄迷。她说，我一直以为，你是好人。她说的时候并不看对面的女人。

女人无以辩驳。

她又说。那冰一般的回响。当初喜欢他，是因为他为我拍的那些勾魂摄魄的照片。于是我放弃了本可以成为一个画家的梦想。既然有了他那些照片，我的绘画还有什么意义？遇到他，是在一个摄影展上。看他拍摄的静物，就如同，看我画的静物。他的光和我的光竟来自同一个时刻，黄昏中那最后的奢靡。然后在朋友的聚会上不期而遇。不期中请他为我的油画拍照。他来到我的画室，这个我与我的梦想最接近的地方。我不曾想过从此我毕生的追求将破碎。他喜欢我的作品，尤其，我把自己和我的模特一道，画进了木框里。他赤裸着，而我，只一层蝉翼般薄薄的轻纱。当然他直言不讳，他说他看得出我和我模特之间的暧昧。在拍完我的画作之后，他突然提出来要拍一幅和我的画作一模一样的照片。他说他要在绘画和摄影中进行比较，他想知道究竟哪种艺术方式更有震撼力。

然后，他来了，我是说我的模特。我们按照他的要求，做出和画中一模一样的姿势。他进而恳求我能否做得更多。更多是什么？按照他的想法，剥去我蝉翼一般的薄纱，让我一丝不挂地蜷缩在男模特的怀中。不同的姿势不同的光线，我们也不知我们到底做了些什么。不再是人体的描摹，而几乎是在做爱。只是不是生理的做爱，而是在他的监视下表现做爱，表现做爱这门美妙的艺术。然后，他离开了，丢下我们在紫绒的幕布上。那晚，第一次，我拒绝了我们的亲热，从此那模特再没有走进过我的画室。

是的，那么，然后呢？然后他当晚就带来了那些照片。他仿佛知道那模特不会再来了，那晚，他就打碎了我一直锲而不舍的梦。看到他那些照片后，我不再相信自己。是的，他的艺术冲击力远远超过了我的预期。我从未看到过如此凄美的画面，不知道自己在他的镜头中竟那么完美。当晚，我就将全部画作焚之一炬，他没有阻拦。在刺鼻的油彩的味道中我们做爱。从此，我就成为了他的专业模特。我们拍了很多幅在国际上拿奖的作品，直到我们结婚，才终止了我的模特生涯。

不后悔？

为什么？任何的人生，无论好坏，都是要往前走的，朝着死亡。最热烈的时刻我曾以为今生今世将永不分离，但终究还是慢慢跌落了下来，从此坠入寂寥的深谷。

他的镜头不停，只是换了角色。那些年轻貌美的女模特们，你们的《霓裳》。我们便越来越淡。而慢慢地，他竟然对他镜头前的那些女模特们也没了感觉。如果没你和他，是的，原本那么清静的淡漠。为什么？

是的，我们去了高原。那山顶的冰川。那是他一直的愿望……

加上，你的被冷落。

他是那么渴望离开这座奢靡的城市，那么想要挣脱这香艳的牢笼，是的他就是这么说的。

我曾经苦思冥想，包括决意姑息你们。可到底是为什么？

他说他厌倦了，甚至一看到女人的大腿就想吐。我或者是除你之外最了解他的人了，我们是朋友。长年在一起让我们有了种莫名的默契，我们无话不说，尤其当我们共同面对这本杂志时，或遇到这样那样的烦恼时。

那是理由吗？

当然，我们不该那样。我说那只是一次意外，你能相信吗？我无意进入你的家庭，更无心占有你的男人，我们的关系一直很明朗。在我们之间没有性别，说了你也不会相信，没有男人女人的概念，我们只是，心有灵犀……

但你已然成为他的红颜知己，就像当年的我。我们在一起拍摄很多照片，几乎走遍了全世界，我们……

我知道你们依旧相爱，只是，谁都不愿正视这个现实，而我们……

你只是想要洗刷自己？

不不，当然，我们确实做了，在他的工作室，你要我描绘吗？好吧，如果伤害了你，也不是他的过错。那时候，一种从未有过的绝望和悲凉一直缠绕着我。一个女人改变了他，我是说我丈夫，而我却无从寻觅。他把那女人香水的味道带回家，连同做爱后那抑制不住的喜悦和欢愉。从此，我们的家庭被一个无形的女人笼罩着，包括那所有的喜怒哀乐。而她的存在是透过他的情绪传递进来的，于是，你哪怕什么都看不到，也仿佛谙知了他们之间发生的那一切。恍若历历在目。

我想挣脱出来，找回自己，试着去连接那些断了的链条。我回到朋友们经常出入的那些酒吧，试图重新融入他们。但他们说，离开诗坛哪怕一个月你便销声匿迹，也就是说，你已经死了。如今各行各业莫不如此，即是说我出局了，不存在了，没人记得你了，除非，你能制造出一个比诗人的死还要震撼的新闻来。凄惨的结局，有点像一个人出洋数年回到故乡，却无论他乡还是故乡都没有家了。那种被所有人抛弃的悲凉。

于是你抓住他那根稻草，为你疗伤。

他打来电话，问我，愿不愿跟他去高原？

都是些歇斯底里的想法，就仿佛即将被淹没。

我几乎想都没想就答应了他。

那苍白的女人越发苍白。连嘴唇都没有了血色。没有血色的那种美，泛着被凝固的血的蓝光。她望着对面的女人，她说，你就跟他去了？

是的，高原，还有幽兰的冰川。

女人摇头。泛出来泪光。她说她什么都不知道。你们，你和他，在云端，做爱？

你是说，海拔四千米的地方，那冰川之上？不不，那怎么可能？没有氧气，只有濒死的感觉。他只是看护着我，给我体温，让血管中凝固的血液流动起来。是的我们曾预定了两个房间，那个晚上却只能相依为命地挤在一张窄床上。我彻夜靠在他的怀中，我觉得我就要死了。那命若弦丝的气息，他紧紧地搂着我说，或许我不该带你来，不该让你在如此危险中。而我在那一刻却仿佛参透了什么，莫若就这样死去，死在高高的冰川上。于是看到了那么晶莹剔透的死亡的颜色，那幽幽的蓝……

而我丈夫，却离开了家，从此越走越远不知所终。

女人沉默。

是你在怂恿他，让他迷失险境。不知道什么时候会传来噩耗。就等着这噩耗吧，全都是因为你。而你，又不是真的爱他。可为什么，你要破坏我的家？

第二十一章

　　一股甜丝丝的味道，她想，为什么不死在冰川下。现在她反倒成了罪魁祸首，所谓的作茧自缚，搬起石头砸自己的脚。没有疼痛，一任手腕上鲜血流淌。那是她自己割开的，不是在模仿好莱坞电影，那她自己的心意。反正无论自杀还是被杀，但笃定要死在浴缸里。伤口的痛，远不及灵魂的痛，所以选择了让肉体解脱。于是感到欢愉，因为终于想好了解脱的方式。让血，一滴一滴地缓慢流淌，连死亡都没有热情。当一个人彻底绝望的时候，或者疼痛便成了唯一的慰藉。

　　她浸泡在冷水里，却倾听着心灵谱写的遥远诗行。飘浮着，那曾经的欲望，还有策兰。慢慢地，策兰成为了她最经常想到的诗人，还有他那朝向塞纳河的奋力一跃。那并不宽阔的水面，也不曾湍急，就那样缓缓流淌着，流过巴黎的夜晚和黎明，甚至没有浪花。但绝望的诗人还是投身了进去，一如屈原《离骚》而后的汨罗江。那是王朝大夫的悲歌，而策兰，他蒙受怎样的屈辱，都是他自动选择的，包括死亡。各种各样的因由，因为爱，或者，爱已悄无声息地散去……

　　但策兰啊。

　　二战后摇身一变的那些所谓有良知的德国作家们，招摇之时却唯有策兰依旧能够感受得到欧洲对犹太人的蔑视。那一如人类尘埃般的苍白和流散，无论犹太复国者们想怎样回到健壮而美丽的大卫王时代。或者还因为，对爱的惘然。那科隆，你的大教堂，生命里的钟，于是策兰侧身一跃，投身于曾经那么令他迷惑的水流之中。

　　不，塞纳河不像是一条自杀的河，而策兰，也在历尽磨难后回到了和平年代。在不再被追杀的日子他为什么还要选择消逝？他承受了怎样的心灵重负才会想到让生命逃亡？1941年3月28日，当战争殃及英格兰，另一位作家也毅然决然走进了苏塞克斯外的欧塞河。她依旧那般地美，在那般的美中她决绝地了结了自己。她说，很少有人像我这样为了写作而百般受苦。她说像她这般受苦的恐怕只有福楼拜。是的，一旦当生不如死，死就成为了绝美的选择。而策兰的尸体，该怎样漂浮在塞纳河的悠扬里，那难以想象的，你的大教堂，生命里的钟，那个浪漫的诗人。

　　她爱策兰，却并不意味着，她就要追随诗人的死。她知道她并不属于诗人的群体，否则，她怎么会以如此媚俗的好莱坞方式，让自己浸泡在血染的浴缸里。于是被她自己的血滋养着，那甜丝丝的死亡，充盈了她整个身心。如此世俗的，既没有罪恶感亦不曾有宗教感的一种丢弃。是的她不想拯救婚姻，更无从救赎灵魂。她只是不想再羞辱自己了，就如同被羞辱的摄影师的妻子。她无意伤害那个女人。她知道她是无辜的。她为此而无地自容，这或许也是她做出抉择的因由之一。

她选择了这个义无反顾的时刻。她丈夫刚刚走出家门。这一次他将飞抵一个很远的城市，她甚至不知道那个很远的城市的名字。她只是笃信他走后就再不会有人来救她了。而待他回家时她已经成功完成了死亡。她不仅死了还会恶臭。她不能忍受如此龌龊，于是，她带着手腕上的伤口打开了浴室的窗，让秋末的冷风不停地吹进来。

从此再不用去编辑部也再不用自惭形秽了。她不怀念什么人，也没有什么好怀念的。唯一兄长一般的摄影师依旧远在冰川，不知道什么时候回来。也正因此，唯一的来自内心的那份羞愧始终缠绕着她。他们本不想那样做的，在他的暗室里。她倾诉，像对自己的亲人，哭诉那不尽的悲怆。她哭泣着靠在他的胸前，就事与愿违地撩动了他。他爱她就像爱自己的妹妹，却身不由己地将她拥入怀抱。直到最后的喘息中，他重新看到了她迷惘的目光。他才知道，他们本不该那样做的，却木已成舟。接下来又该怎样呢？他说他只是记住了，那唯一的她的味道。不那么美，却带着某种咄咄的隽永的深邃。他舍不得丢下她，但冰川的诱惑更高远壮丽……

他从来没有飞机落地后就打来电话的习惯。这习惯是无从养成的，因为此前，他几乎从来不出差。只是有了那女人他才常常离开家。她恨吗，却阴差阳错地让自己成了那种被鄙夷的人。如此冤冤相报，她恨着，就等于是恨着她自己。

血一滴一滴地流失似乎并不可怕。甚至没有疼痛没有那种濒死的感觉。却慢慢地变得轻飘，浮在水上。一种失重感中，她却仍旧可以思考。想不到死亡竟会是如此漫长的一个过程，她只好体验。她如果还想思考就回想她并不美好的今世前生。当然，她如果想要快点结束只需滑进水中。但是她不想那样，她需要享受死亡，更需要在死亡中慢慢盘点她人生的水月镜花。

她知道此生最值得她反思的就是她的婚姻。她何以如此轻易地坠入了人生的陷阱？她真的那么想要这无妄之灾吗？还是她太想通过婚姻改变她迷乱的人生？那时候她整夜泡在诗人的酒吧里，就如同此刻泡在自己的血污中。她写诗，并且在写诗的男人身上汲取灵感。于是做爱就像吃饭穿衣般简单而随便，以至于她一度以为自己得了艾滋病。什么叫醉生梦死啊，看看她就知道了。酒是什么味道，做爱什么感觉，她全都不知道。没有明天，甚至没有接下来那一秒，就这样，穷奢极欲地挥洒着她散乱的人生。然后是黑着眼圈走进编辑部，在踉跄的脚步中时刻等待着被辞退。但幸好女主编对她总是网开一面，终于耐心地等到了她走出浑浑噩噩的那一天。

当林花谢了春红，她摇身一变。被女主编誉为"华丽转身"的脱胎换骨。她穷尽了声色犬马，于是不想再为声色犬马所累。她觉得她已阅尽人间春色，所以再没有什么好妒忌的了。然而事与愿违，人生总有几分不得意。自从她感受到了某种莫名的威胁，她便开始近乎于自虐般地折磨自己。她对她所感知的一切听之任之，她任凭他们夜夜狂欢，乐不思蜀，只把野花当家花。

　　奇妙极了，那一滴滴黏稠的血。血越滴越慢，仿佛，雨停了，只残留房檐的滴滴答答，抑或血已流尽。她既感觉不到生命的流逝，也不曾体会死亡将至。她这才知道，在自己柔弱的肌体里，竟有着如此的坚韧。面对着骨鲠在喉的那些风流韵事，她竟然连一次也没有发作过，哪怕肌肤上残留的那女人的香。一切如流水般的家常，一切云淡风轻。无论你想做什么，也无论你要怎么做。他甚至还没有学会欺骗。他只是信守他们曾经的约定。绝不把生活以外的任何东西带回家，那么，和别的女人做爱难道也和家庭无关？

　　浴缸里慢慢变得冰冷的血水，竟然被窗外的晚风吹起涟漪。透明的水波下是她透明的睡裙。那睡裙在水里漂浮着，如烟如缕，宛若云霞。

　　慢慢地，她不再能听到血滴坠落水中的声音，也不再能看到溅起的红色水花。她只是痴迷地想象着血滴滴落的景象，在高速摄影中一定会非常飘逸。她已经不敢再看，她怕会突然晕厥，而后，溺水身亡。慢慢地，她终于感觉到了那种因体力不支而致的生命的涣散，那种近乎于迷幻的感觉。她觉得她正在丧失思考之力，只要稍稍想起什么，脑袋就会剧烈地疼。她垂在浴缸外的手臂也开始僵硬，并且她突然觉得自己太累了。她知道自己还在勉力支撑着，也知道自己一旦放弃，便立刻会被浴缸里的血水所淹没。她还知道她的身体一旦被淹没，这个脆弱的生命就将永劫不复。她知道已经到了最后的时刻，她不能再继续享受这迷人的死亡了。她觉得已经没有气力，甚至连眼睛都睁不开了。她只是在残存的意识中本能地挣扎着，她看见了眼睛里涌出来的一团团蓝色的光圈……

或者，她只要奋起就能重回人间，她还来不及向任何认识她的人告别，甚至她的父母。她只是想知道，她的死，会让他难过吗？她就是想知道他的态度，或者她尸骨未寒他就已经和那个女人比翼连枝了。

有天使飞来，白色的羽翅。她仿佛听到了什么，那悠远的钟声。

丧钟为谁而鸣？那隆隆的马蹄声，带她离开这无辜的尘世？

是的那是天意，抑或定数，一任她完美地沉落。慢慢地，她被淹没，又慢慢地，像睡莲一般地漂浮起来，开放，那淡紫色的，莫奈的睡莲。

他抱起水中的女人。没有了生命的苍白。他不敢相信这就是自己的女人，在无情的血水中逃亡。他呼叫她的生命，他或者就是为她的生命而来。仿佛超人从天而降，犹如普希金童话诗中的王子救公主。怎么会如此心有灵犀，在她需要的那一刻，他如期赶来。

是的那是天意把他带回了家。那一天，他们飞赴法兰克福的航班，因恶劣的天气而被取消了。他们站在候机大厅面面相觑，或者他们可以双双住进航空公司为他们补偿的酒店里。他们热辣辣的目光，能感受得到那强烈的欲望。他们站在那里，踟蹰，但总要做出选择，分开，还是坚守？就像哈姆雷特，生存，还是死亡？

男人突然惊恐，说惶然的一种心的痛。不不，不是来自身体，而是某种不祥的征兆。

　　女人立刻转身，既然男人做出了选择。显然女人不高兴了。她不喜欢那种巫一般的谶语，更不能容忍男人的迷信。他们默默分手，各奔东西。机场说明天飞机会如期起航。

　　男人匆匆赶回家中，就救起了自己的女人。连他都不知道为什么会是自己。如果，他和她住进了机场的酒店？唯一的一次，他遂了自己的心愿。

　　用钥匙开门的时候，他似乎听到淡淡浅浅的歌声。他唤着妻子的名字，述说着飞机不能起航的缘由。他不以为妻子已经睡下，他也不是有意要去卫生间。他只是想要洗去那女人留下的气味，然后，就看到了眼前这令他无限惊恐的景象。妻子的脸正慢慢浸落水中，被缓缓地淹没。他立刻意识到这不是好莱坞电影，而是真真切切地，妻子已放弃了自己的生命。他奋力把她从浴缸里抱出来。然后立刻拨打120。他知道这是能挽救这场灾难的唯一途径。然后他把血淋淋湿漉漉的妻子搂在胸前。他不知这个一向豁达的女人为什么要自杀。他们之间没有过任何冲突，但是他已经满怀愧疚了，不仅愧疚而且满怀罪恶感。他坚信妻子的死全都是因为他，尽管他们之间从未谈及他的婚外情。

　　事后他才知道妻子自杀的念头有多强烈，她不仅割腕不仅泡在水中她还服用了大量安眠药。足见抱定了怎样死亡的决心，也足见她对他已经没有了哪怕些微的留恋。

　　肾上腺素电击，输血和输氧。当终于将妻子的命挽救了回来，她的第一句话竟是，为什么要救我？为什么不尊重我的选择？已经很久了，我一直希冀着，死。像我爱的诗人，策兰。如果，生命中没有了死亡，又哪里去找真正的诗人？

丈夫的手机响起。很恢宏的乐章。那是他的选择，被贝多芬叩击的《命运》。他接听电话，在妻子床前。他躲躲闪闪，欲言又止。最终还是走出病房，他显然不想妻子听到他们的对话。在病房的走廊里，他走来走去，诸多难言的隐衷，不能一言以蔽之的。听不清他们在说些什么，却看得见男人铁青的脸。那种深层的不愉快。妻子刚刚走出死亡。他当然不能再去法兰克福。妻子还在抢救。是的，无论怎样。这一次男人斩钉截铁。

然后是电话那端的喋喋不休。抱怨连同满腹埋怨。会议当然非常重要，我好不容易才为你争取到大会的主题发言。不单单是你个人的机会，这也关系到外语系的发展。当然也就关乎我，关乎能否申请到更多的博士点……

男人干脆关掉手机。他知道电话里是说不清的。他若无其事地回到妻子身边，他以为妻子看不出他的烦恼和焦躁。

我没有病。妻子拔掉鼻子上的氧气。我只是衰弱。我不想连累你的工作。

工作有什么可重要的？男人满脸怨愤。

是我自己造成的，为什么要你来承担？妻子甚至坐起来。

你自己，能行？男人恍惚。

妻子点头。

还是算了吧。男人回过神来。

不，你还是去。

你保证不再做这种傻事？男人再一次松动。

既然活了，就不想再死。

我还是惦念你，不不，我还是……

你尽管放心。

那么，就是说，你会珍视自己？

然后，男人走了，从此很多天杳无音讯。

第二十二章

　　蓼蓝拖着疲惫的身体来到杂志社。苍白的脸颊死人一般。肌肤仿佛白化病患者，透过透明的皮肉能看到那蓝蓝的流淌着血液的血管。

　　她形同鬼魅般走进办公室。她说她一直在度假。她也是以这个理由向主编请假的，她说她太累了，以至到了崩溃的边缘，倘若不离开家，不离开办公室，她一定就会自杀了。

　　没有人对蓼蓝的来去格外关切。这足以证明她是怎样的无足轻重。她走了，和死亡纠结了一圈，又回来，就仿佛在天堂的门口度了回假。然后再回到无聊的岗位上，回到了了无生气的从前，对她来说，还能有什么期待呢。

　　桌子上什么都没有改变，只是落了些看不见的尘埃。但是她能够闻到那种尘土的气味，特别是经历了自杀之后她变得更为敏感。但即便死里逃生，又怎样呢？炫耀？她的勇气，或者，她的不幸？没有人会真正同情她，对此她再清楚不过了，这个社会已经不会因别人的悲伤而痛入骨髓了。于是沉默。她不想让自己成为祥林嫂那样到处诉苦的人。

于是她一如既往地沉浸在尘土的味道中。那种思绪万千的感觉，就仿佛她从不曾离开过她的办公桌。她强迫自己忘掉那段寻死的经历，将注意力毫无保留地投入到工作中。她这样想着，果然很快就进入了以往那一成不变的程序中。当她绞尽脑汁策划新一期刊物的话题时，她竟不知不觉地兴奋了起来。后来她把这归结为抢救她时的吸氧过量，因为没过多久，她的情绪就晦暗了下来，觉得活着一点意思都没有。继而生发出诸多凄惶，让她伤口撒盐一般地痛断肝肠。

蓦地，一张面孔，出现在她眼前。

她抬头。不敢相信，眼前这个男人。

你去了哪儿？我打过电话。到处找你，你却在朋友需要的时候，一走了之？

蓼蓝抓住男人的手，问他，肯定发生了什么，我却什么都不记得了。

你到底去了哪儿？为什么要丢下我？

一个想去而又没有去成的地方。蓼蓝难过地抚摸男人的脸。为什么你的眼睛里布满血丝？

我回来，是因为想念。在冰川之上就开始的那疯狂的想念。如果我死了，是的，我回来，但她却走了。像你一样，不留下哪怕一丝的行踪。

听到了吗？不知道从哪儿飘来的大提琴的声音。尽管稚嫩，尽管，不成曲调，但只要是大提琴的声响，哪怕匆匆划过……

男人将蓼蓝的手从脸上拿开，恳求着，告诉我，她为什么要离开家？

不，我怎么知道？或者，因为你和另一个女人在一起，因为，你先就不声不响地离开了家。

我只是暂时地和她分开，让我们双方都能冷静下来。

冷战？对女人来说，比真刀真枪还要可怕。

记得离开时，她问，为什么我们真心想爱，却永远无法相处？

她说的？太精辟了。这也是我一直在找的答案。为什么，我们真心想爱，却永远无法相处？就像我的家庭，我的婚姻，就像我和我丈夫。我们都努力了，以无为而治的方式。相约只生活在家庭感情中，那种饮食男女的浪漫，却依旧难以相处。永远参不透对方的心，哪怕，最危急的时刻，是他救了我。

我听不懂你在说什么。

飘走了？你听。

什么？

大提琴的声音。

到底发生了什么？男人疑惑地看着女人苍白的脸。

倏忽就飘散了，那凄美的凋零。女人在空气中寻找着。我曾经以为那是幻听，却真的存在，你不是也听到了吗？只是不知来自何方。既然，你爱你的妻子，为什么不带她去冰川？

男人恍然。他说他一直以为深山峡谷里江河湖海中，应该只有男人。

可是，为什么你要带上我？或者，在你眼中我根本就不是女人？

我们之间的关系，我已经说过无数遍了，你就像我身体之外的那个我，你就是我，我们太像了，以至于……

你都不肯和我做爱。除了，我最最绝望的那一刻。

蓼蓝抬起头想要探寻摄影师的目光，却只看到了他渐行渐远的背影。什么都将无始无终，不了了之，这就是她的命。所以她不再抗争了，任流水落花。

她突然想起什么又立刻忘记了。但到底是什么呢，她想要回忆起来的某些思绪。那稍纵即逝的思维的丢失让她不堪其苦，于是她在电脑中奋力寻找，因为她知道只有找到，才可能重新记起来。但总之她对自己的记忆力已经不抱任何希望，她觉得这一定就是帕金森氏症的前兆了。可她还不到四十岁，但她所经历的磨难就已经让她老气横秋了，那么，对记忆力的衰退就能安之若素啦？

一旦她想要找到什么，都会像着魔一般。她会因此而什么都不做地一天两天甚至很多天地找。她不在乎这些，不在乎被浪费的时光。人怎么可能永远珍惜光阴呢，而光阴，她觉得就应该是在浪费与珍惜的交替中完成，那永恒的流逝。

就这样，她默不做声地翻箱倒柜。每一个抽屉，每一摞文件，甚至每一张纸片。只是她并不知道自己要找的到底是什么，所有的似曾相识，又所有的过尽千帆皆不是。由于她太投入了，投入到连女编务突然出现在她面前都视而不见。

你到底在找什么？

蓼蓝蓦地抬起头。她觉得原本明亮的办公室突然昏暗下来，唯有女编务的眼睛闪出鹰隼一般的光芒，晃着蓼蓝迷蒙的眼。蓼蓝脱口而出，您，是的，您，您喜欢《蝴蝶梦》吗？一本书，或者，一个电影，您就像庄园里那个女管家。那女人可恶极了，并且邪恶，眼睛里射出的永远是刀光剑影一般的凶光。她不信任任何人，且不遗余力地伤害无辜者。是的，世界上总是有这样的恶人，不过有一点她无可厚非，就像您，对她的主子永远无限忠诚。

老女人没有打断蓼蓝的责难。她狡黠的脸上甚至很平静。她或许觉得无须和这种小女人斤斤计较，她只是居高临下地说，你不必为这些胡言乱语负责，因为你已经被你丈夫的婚外情逼疯了，我当然可以原谅你这种不幸的女人。

等等，等等，让我想想，一个名不见经传的没有任何学问且到处打杂的杰尔曼娜，您当然不可能知道那个法国女人。

女编务冷冷审视着蓼蓝，然后说，主编要你去她的办公室。

蓼蓝说，后来她进入了萨特主编的《现代》杂志任编务，是的，就是那个杰尔曼娜，却从此自称是萨特的秘书，这点也和您大同小异。但不同的是杰尔曼娜的父亲也是那个时代的法国名人，她出身名门便有了得以自诩的资本。要侍奉萨特和波伏娃那样的名人靠的是什么？当然是心计。于是她在名人堆里一呆就是三十年，见证了所有那些伟人的生前身后。三十年间她扶摇直上，直至登上台面，评点江山。你以为你是谁，如果没有了主子……

女编务咄咄逼人地盯着蓼蓝的眼睛。

《蝴蝶梦》中，没有了主子的女管家不仅烧了房子，也烧死了她自己。对了，那个杰尔曼娜，她还有女儿，而您呢？

是啊，杰尔曼娜，她还有自己的女儿，而你呢？你的诘问是不是反倒更适合你自己呢？女编务终于开始反击。

我恨您，过去在心里，现在终于说出来了，您就是变态的老处女……

你还想再说下去吗？主编在叫你。

蓼蓝不得已站起来。站起来的那一刻她几乎昏厥。脑子里蓦地一片苍白。恍惚间她的鼻子几乎碰到了女编务的脸。那女人没有一丝一毫想要退缩的意思，就那样眼都不眨地狠狠地盯着蓼蓝，直到蓼蓝从她身边愤然离去。

蓼蓝终于出了一口恶气，站起来走向主编办公室。经过女编务时头也没回。但她还是听到了女编务挑衅的声音，你不用费劲了，你想找的东西，全在我这里。

蓼蓝不由得周身寒战，她不得不停下脚步不得不转身。她看到女编务向她摇晃的那几页纸才恍然大悟，原来她想要找的其实就是女编务手中的那几页隐秘。然后她听到女编务得意地说，你无意中看到的就是这些吧？随即将那些纸页撕成碎片。

蓼蓝看着那个自鸣得意的女人，尽管，我不知道您到底想要干什么，但我知道您是邪恶的。您以为您就能逃过这一劫吗？不，我复印了，我会交给主编……

那是我故意让你看的，女编务脸上的表情诡谲。就是想让你知道你已经被抛弃了，所以用不着再装什么恩爱了。我之所以这样做其实也是为你好，让你看清楚自己的处境，总比蒙在鼓里好，你说呢？那是当事人的一方亲口讲述的，就像你那份复印件里描述的一样，他们终于在酒店里男欢女爱了。

蓼蓝眼里的怒火转而变成眼泪。如果不是撑在女编务的办公桌上，她几乎就摔倒了。为什么，为什么您要如此折磨我？

因为，你想听吗？因为你生性太过高傲，你甚至不懂得人和人生来是平等的。你从骨子里鄙视我，把我当做低贱的、不值一提的、甚至可以任意差遣任意被羞辱的小人物。所以我只能以这种方式回报你，而你丈夫的外遇，应该也就是上天对你最公平的惩罚。

女编务说过之后坐回到自己的位子上。她很有尊严地坐在那里，不再看桌子对面那个苍白而又无助的人。她只是重复着，主编已经等得够久了，她甚至想要辞退你。说完后便戴上老花眼镜，趴在桌子上径自写起来。

蓼蓝一屁股坐在主编对面。上来就说，门口的那个看家狗肯定是疯了。要不就是得了狂犬病，见谁咬谁。我们若不打疫苗，全都会被她逼疯的。

主编为蓼蓝煮咖啡。她的毛病我们都知道。你用不着跟她过不去。只是你脸色苍白，是不是什么地方不舒服？

蓼蓝强打精神说工作，她说这个时代的男人越来越丑恶了。

我看了你传给我的主题策划，是不是太过偏激了？男人真有那么不可救药吗？而婚姻就那么不堪一击？不错我们是需要先锋的姿态、不同的声音，但《霓裳》毕竟是一份大众杂志，所以不可太过激。我们既要追求时尚感，又要拿捏好分寸感，要顾及到大多数读者的承受力，你说呢？

但如果放弃了精英的引领，读者有时候就像群氓。现在越来越多的女性面临婚姻危机，以至于离婚率居高不下。这说明什么，至少证明了我们的婚姻体系岌岌可危。刚刚摄影师都在抱怨，他的家庭也正濒临绝境。他们明明相爱，却不能共处。最终妻子离开，他凄凄惶惶。您又何尝没经历过如此窘境，那种两难中的抉择……

你不要把我牵扯进来。我和他之间只有共同的追求。我们相爱，但我无意破坏他的家庭。当然我承认这个家庭正在面临危机。

我无意将我们经历的这些作为话题，其实我并不是为了说这些。我只是想告诉您我到底经历了什么，我并没有去度假，我只是自杀未遂，住进了医院。蓼蓝伸出她的手腕。

主编顿时脸色苍白，你？自杀？在浴缸里？

您怎么知道？

我，女主编支吾，记得，你说过，不止一次。是的你说过，如果死，就用好莱坞式方式，在浴缸里，割腕……

但到底是，我丈夫他救了我。简直不可思议，飞机改期，便赎了他的罪。但又能怎样，第二天，他还是走了。

或者他以为你脱离了危险……

您在为谁辩护呢？为他，还是卷走了他的那个女人？从我活过

来的那一刻起我就不再相信男人了。我曾经以为男人有了外遇不
是男人的错，而是女人的勾引让他们乱了方寸。但现在我不这样想
了，男人也是共犯也是罪恶的制造者。如果他不放纵他的激情，如
果他没有想要离开的愿望，我怎么会，孤零零地，一个人，被丢在
医院的急救室……

　　女主编将绝望的女人抱在胸前。

第二十三章

　　母亲郑重地坐在女儿面前。她说她喜欢女儿从免税店买的皮包和香水。她还说无意间她得知那架改期的飞往法兰克福的飞机上也坐着蓼蓝的丈夫，她问女儿你知道蓼蓝吗？《霓裳》的编辑，在作家儿子的婚礼上，你见到过她，还记得吗？

　　你忘了，第一次见到她其实是在你的办公室。一个有点忧郁有点不可思议的女人。一看就知道她的精神不健康。她曾经写诗，你很器重她，我就知道这些，说说香水吧，你真的喜欢吗？

　　我是说，女主编在女儿面前忽然变得优柔寡断，她犹豫着，却又不能不说出自己的担忧。是的，我们在一起工作很多年了，配合默契……

　　就像你和姨妈？

　　这和你姨妈没关系，我是说，为什么刚好她丈夫和你乘坐同一架航班，该不是什么巧合吧？

　　你见过她丈夫吗？哦，当然没有。女儿的神态玩世不恭。

　　我对此一无所知，也不想知道。编辑部没有人知道她丈夫是谁，只听说他们结婚了。并且蓼蓝对她的生活总是讳莫如深。

所以是个有病的女人。女儿直言不讳。

你不要太刻薄。不久前她曾自杀过，可能就因为婚姻出了问题。

有些女人就是用这种方式来扼杀别人的感情。这样做其实也很卑鄙。

到底出了什么事？母亲严厉起来。我一直担心你，在感情上总是意气用事。

妈妈，我不想说了，我累了，我想睡觉。

那个飞往法兰克福的航班，不是巧合吧？

如果是巧合呢？或者，就像你们想的那样，是事实呢？

不不，这绝不可能，你怎么可能认识她丈夫？

我怎么不可能认识？我们在一个学院工作，我们朝夕相处。

你们……

不应该相爱，对吧，更不该做爱。可死掉的婚姻就该被埋葬，我们有权力争取爱的自由。

你，母亲的脸开始涨红，那愤怒近于绝望。就是说，从一开始你就知道他是蓼蓝的丈夫？

这和你无关，你用不着知道。

怎么可能和我无关？她是我的员工，她自杀了。她如果真的死了，你，你们，就是共同的凶手，你知道吗？

就算我们是凶手也是间接的。没有法律能审判我们。自杀是她自己的选择，和我，甚至和她的丈夫，都无关。

154

　　你怎么会如此冷酷，嗯？哪怕些微的同情心都没有？毕竟她受到了伤害，你想想看，人要痛苦到何等地步才会想到死？她一定觉得生不如死了，可你们……

　　他们已经不再相爱。这是他亲口对我说的。他不可能骗我。我了解他。既然如此，怎么就不能争取我的爱情？

　　你的爱情重要，还是人的生命重要？幸亏她被抢救了过来，否则我们会一辈子不安的。

　　我再说一遍，那是她自己的选择，和我们无关。她出事的时候，我们并不在现场。他们的婚姻本来就很荒诞，她和他结婚，就是为了不再和酒吧里的那些烂男人做爱，这样的女人……

　　你便可以置她的生死于不顾，你们这样做未免太自私了吧？

　　自私？说到自私，妈妈，你就不自私？只不过那个令人厌恶的女校长没自杀罢了。你难道不该为那个支离破碎的家庭负责吗？

　　女主编狠狠地抽了女儿一个耳光，然后摔门而去。

　　女儿顿时泪如泉涌，追出来高声责问，那么我是谁？你的，还是姨妈的？你们为什么不告诉我？

第二十四章

这是一座老式公寓楼。已经有一百年的历史了。楼梯会发出吱吱嘎嘎的响声。有一种摇摇欲坠的衰朽感觉。

年轻女人按响门铃。门立刻吱吱呀呀地打开了。显然主人已预知她的来访。霉烂的气味迎面而来。一个奇异的大房间。明媚的午后却挂着厚厚的窗帘。看不到窗外灿烂的景色。房间里弥漫着近乎死亡的气息。

不久前我才知道您是我姨妈。年轻女人开门见山。她在这个几近恐怖的房子里走来走去，您不介意我打开窗帘透透气吧。年轻女人说着拉开窗帘，让窗外的明媚照射了进来，她不管黑影中的老女人怎样用手掌遮住眼睛。

你不用紧张，这也是你的家。房主人绽放出僵硬的微笑。

我想知道为什么，我妈妈一直不愿说出我有个姨妈。

老女人苦笑着摇了摇头。

而这位姨妈我竟然认识，只是从来不知道您是我的亲人。

老女人无从解释年轻女人的疑问，她只是说，知道不知道没关系，只要我们是亲人。

你们是姐妹，却为什么从不来往？有什么样的难言之隐，让你们彼此深深恨着对方？

我们之间的恩怨跟你没关系，你只要知道我们都爱你。

我来，就是想知道我的父母到底是谁。为什么你们对此都讳莫如深？我有权知道我来自何方，又是哪个男人丢下的垃圾？而那男人，如你们所说，真的是死了？还是仍旧活在某个肮脏的角落？姨妈，我不在乎那个男人究竟是谁，是否完美，我想知道的只是我自己的身世，仅此而已。如果您真是我姨妈就不要再隐瞒了。

老女人不再讲话，只踟蹰地望着窗外。她在想，到底该怎样呈现那段伤痛的往事。她当然深爱着眼前这个漂亮的年轻女人，她也是她的孩子，她灵魂里的骨肉。她不想欺骗她，更不想刺痛她。她不知她母亲到底对她说了多少，而她们母女又是怎样面对那迷茫往事的。

这个被称做姨妈的女人忽然关上窗帘。好像她终于作出了某种决定。像大幕落下，整个房间立刻陷入了诡异的黑暗中。年轻女人恍然觉得自己成了恐怖片中的人物。她于是不顾一切地拉开窗帘。

老女人斩钉截铁，如果想要真相，就只能在这样的光线中。

你们，到底有什么见不得人的？

我，如果坦诚，就不想看到你，更不想回忆这房间里曾经发生的那一切。

为什么？

所有的，曾经发生的一切，多少年来历历在目。甚至，这房间里的摆设，也从未改变过，只是物是人非而已。

那么，好吧。年轻女人不情愿地拉上窗帘。

故事就是从窗帘开始的。你妈妈，她站在窗帘后面，他走过去。他说，阳光透过窗照在你脸上的那种感觉，就像是伦勃朗的画。他说伦勃朗是一个能画出金属色的画家，所以他喜欢。是的当你妈妈出现，一切就都改变了。人类永远动荡的天性，或许就是悲剧的起源。那喜新厌旧劣迹斑斑的男人们。妹妹爱上了姐姐的男人，抑或，姐姐的男人爱上了小姨妹。太低俗了，是不是？但就是发生了，在我们之间。我们曾经那么深爱着对方，我是说，我和你妈妈。你或者可以猜出我们之间的关系了。

是的，年轻女人的嘴唇苍白。

一开始我对他们的恋情一无所知。我只是对他们之间的友好相处很欣慰。我希望我爱的两个人，也能彼此尊重。我喜欢看他们说说笑笑的样子，喜欢他们在我面前无拘无束。你妈妈来的时候总喜欢站在窗前，就像你，那么亭亭玉立地看窗外的风景。那男人，我的男人，不止一次地对我说，你妹妹，站在窗前，就像是一幅古典画。他这样说过一次、两次，甚至三次，我都不曾在意，直到，我发现他总是用热烈的目光追随她。

我并不知道，他们之间究竟发生了什么。很多时候，我去上班，家里就只有他们俩。你妈妈那时正读大学，假期，就住在我这里。她说她喜欢这个城市，喜欢我这间公寓，喜欢那些殖民地时期的老房子，而他，刚好就是绘图师。

便发生了，那一切，只是我还没有看到。他们开始莫名其妙地闹别扭，她甚至声称要离开我家。如果是正常状态，她怎么可能随便对我的男人发脾气？很多的白天，他们在一起，我也曾倏忽想到。但只是闪念，像流星划过夜空，不留任何痕迹，我也就无从知道，他们是什么时候开始的。偶尔白天也会拉上窗帘。或许某个偶然的瞬间。但总之他们是相互欣赏的。这一点可以确信，从他们的目光中。

就是说，妈妈也爱上了那个姨妈的男人？还是，姨妈的男人，在强迫她？

你妈妈的行军床，就放在这个屏风后面。整个的假期，我们几乎没有做爱，就为了你妈妈。只隔一个屏风，能听见静夜中每个人的呼吸声。怎么可能，哪怕他要，我唯有拒绝。

后来，就要了她。你妈妈。屏风后的女孩。不知什么时候开始，亦不知如何去做。他胁迫她？还是，她想要他的激情？总之我不在家的时候，他们之间的通奸，就发生了。那时候你妈妈还是处女。这是对少女的一道很严酷的信条。不知道她为什么情愿献出贞操。

全都是猜想和揣摸，全都是冥冥的感觉。直到她开始莫名其妙地呕吐。这呕吐日复一日，不见转好，当决定送她去医院的那天，他终于站了出来。一阵歇斯底里的爆发之后，大家都没了主意。这时候怨恨已经被未来的恐惧所替代。无论将谁供出来，都将满盘皆输。在所有的爱恨之间，都是我的亲人，也都是我所怨恨的，他，还有她。

在我们的那个时代，这可谓大逆不道。"乱搞男女关系"甚至有了孩子，就不仅仅是名誉扫地，甚至还会被送进监狱。从此不堪的家庭，破碎的关系，及至，你妈妈腹中的那个生命……

我？

而这些，如若回到旧的时代，几乎天经地义。不说王宫后庭，三千佳丽，六宫粉黛，即使寻常人家，也前屋后院，妻妾成群。然而叫梁启超的思想家何以不容徐志摩？不容那个时代浪漫的爱情，自由的婚姻？而梁的至少在两个女人之间的睡来睡去就一定是道德的吗？为什么恪守三妻四妾的旧礼就是合理的，而追求爱的自由婚姻的自由一夫一妻的自由就不是进步？已经是民国新时代了，已经有了很多的新思潮，而梁，又号称掀起新民主主义运动的大师，何以，他就是不容志摩和小曼那执著的爱情，进而，在他们的婚礼上对他们大加斥责。不错，徐志摩是夺了他人之妻，但这掠夺，至少是建筑在爱之上的，至少，昭示了志摩所追求的爱的理想。他们是在挣脱了各自的束缚之后开始的一段新的婚姻，那么，谁才是更道德的，梁，还是徐？

年轻的女人靠在窗前，在夕阳中，或者，她也像一幅伦勃朗的画。她只是想不明白这位苍老的姨妈，为什么要发出这样一段和她毫不相干的议论？但无论如何，她为姨妈所说的那些故事所吸引，她并且当下决定一定要找来梁启超和徐志摩的传记来读。她觉得平日所见的女人和眼前这个激越的姨妈简直判若两人。她听到过编辑部同事对她的种种指摘和攻讦，她也觉得这个近于残酷的女人确实有些变态，确实像极了《蝴蝶梦》中那个最终选择了烧死自己的女管家。

追求自由的爱情，无疑是浪漫的。姨妈嘶哑的声音再度响起。但倘若这个男人同时被两个女人爱上，而这两个女人又刚好是亲姐妹。如果是外人如果没有扯不断的血脉，当然，你可以毫无顾忌地去抢夺。但是，在自己的至亲面前，在你曾经那么疼爱的妹妹面前，你，你能够不顾一切地去争抢吗？哪怕，那男人原本就是我的？

于是，难以取舍的两个我深爱的人。我，谁也不想失去。于是坠入深深的苦境。更深的恨，是因为，我们必须要做出选择。选择，才能了结这无望的一切。在道德的层面上，谁的罪恶更大？无疑，男人，无论怎么难以割舍。无须辨析男人的对错，至少，他毫无节制地滥用了他的自由和他的爱。

是的，男人的自由。为什么，总是将爱的自由赋予男人？古往今来，无论高高在上的皇帝，还是庭前院后的老爷。他们可以自由地出入女人的房间，而女人，不，这不是我要说的，而是痛恨。为什么，当她怀孕，你妈妈。她还那么年轻，有着美好的未来，她无需任何用心就能找到属于她的白马王子。但是为什么，当她怀孕，当她不再能满足他的欲望，那个深夜，他竟然强行爬到我的身上。他做，几近于疯狂的，他似乎不再顾忌什么甚至不再顾忌屏风后那个怀孕的女人。他尽他所能发出所有诱惑的声音，在床板上，翻江倒海，破浪一般地喘息，直至，绝望般地喊叫。而我听到的，却是屏风后你妈妈的啜泣，这个无耻男人，从那一刻起，我就只想杀了他。

如果是您在诱惑他呢？年轻女人诘问，如果是您将我妈妈置于如此窘境呢？如果……

任何女人，都不可能真正地完全彻底地占有一个男人，你何尝不是如此？你以为你拥有了某个男人，但他还是要回家，要睡在妻子身边，无论他怎样信誓旦旦。只要他们之间还残存着最后的爱，只要那男人还有着哪怕一丝的歉疚之心，他就会千方百计地补偿。尤其那些想要洗刷掉自己身上罪恶的男人，就会更温柔更体贴更缱绻缠绵，而这些，你是看不到的。

所以我妈妈会远离您。年轻女人狠狠地说。

你妈妈今天依然如此，她其实根本就得不到那个作家，就如同得不到当初给了她性高潮的那个男人。

为什么编辑部里的人都认为您邪恶？

如果你总是生活在仇恨中，你也会变成这样的。

我妈妈，她根本不想和那个作家在一起，她只是和他做交易。她习惯了这种一个人的优越生活，典雅而宁静，她要的只是生活的质量……

没有男人陪伴她清晨醒来，这是质量吗？

您又何尝不是如此？

为什么你非要学她，成为婚姻的破坏者？你是在寻求刺激呢，还是在冒险？你真的爱那个白痴么，还是和他玩玩？

您根本不可能理解我的想法。我只要现世，只要这一刻，仅此

162

而已。因此我从不关心未来，未来永远是无常的充满变数的，您能懂吗？

接下来就是了断了，那男人，他说他不想要那个孩子，你妈妈也不想。她正在上大学，她不想放弃，她还想拥有她的未来。这时候我们已经能平静地坐下来，面对那些肮脏的关系了。我们心平气和地讨论着，就像在讨论别人的事情。我甚至开玩笑，说，如果回到万恶的旧社会就好了，就天经地义了。他也笑了，看着我，好像又回到了从前我们谈笑风生的时候。只是你妈妈蜷缩在角落里，不时地跑出去呕吐。这便提醒着，罪恶，仿佛敲击在脑袋上的丧钟，仿佛末日。最终是我自作主张，为她申请休学一年，回乡下养病，便拥有了把你生下来的机会。事实上这也是没有办法的办法，而堕胎在某种意义上就意味着，这个家庭将永无宁日，而所有的当事者也都将被卷入永恒的黑暗中。

如果这样，年轻女人愤恨地说，我宁可不被生下来。

是我想要你来到世间的，因为你是他的女儿。

那么，那个姨父，就是我父亲了？

但不久后他就死了，他的死……

死于非命？

他的死让我更加需要你，因为，我爱他，而唯有你的身上，流着他的血。我不管这个孩子是不是我自己所生，只要你是他的骨肉，而那时候你妈妈根本就没有能力抚养你，更不能因此背上未婚而孕的罪名，于是，我就能名正言顺地领养你了。

简直让人不可思议。

我让你享受阳光享受爱抚享受那个时代所能拥有的一切。所有你想要的，哪怕天上的星月。可惜你全都不记得了。你的小床，就在屏风的后面，你妈妈的行军床旁边。还有，你半夜响起的哭声，天籁一般，那是我人生中最温暖的时光。我可以什么都不要，不要家庭不要男人甚至不要亲情，只要有你睡在摇篮里……

我妈妈呢？她真的放弃了我？

美好总是短暂的，总是，去日苦多。没有多久，你母亲就来兴师问罪，并且不顾一切地夺走了你。为此她不惜承受名誉的损毁，甚至不惜把你随便放在一个偏远的人家很多年。而我，却从此再没有看到过你。看不到你的笑脸，也听不到你的歌谣，难以想象我是怎样度过的那段艰难岁月。从此我们手足反目，不再往来，她还恶毒地扬言，她绝不会再让我从你的脸上感受到他。

什么意思？

她知道我爱你，是因为你是他的骨肉。她不能忍受我在你身上看到他的影子，更不能容许我在亲爱着你的同时，也感受他。她说我触摸你就等于是在触摸着他，这也是她不能容忍的。而他，那个死去的男人，是她一生的挚爱。

你们都疯了。就为了那男人？他值得你们如此反目成仇么？

所以，为什么监狱里的女杀人犯大都是因为爱？

那么，是您杀了那个男人？

那是他咎由自取，也是他的命。

什么意思？

一些爱情的结局就是这么不了了之。惊心动魄之后，归于沉寂。于是被忘却了，或者深藏在心灵的某个角落，被尘封。除非有你这样的女孩走过来，叩击这惨痛的往昔。总之，他死了，这就是结局，很简单。那男人，或可称做浪漫诗人，或者，野兽一般地寡廉鲜耻，总之，最终风流散尽。总之，他死了，就这么简单。死于车祸？服毒？抑或精神失常，跳楼自杀？总之各种各样的死法，随便什么，女人的怀恋却绵延着。能留下如此人生痕迹，他或者死得其所了。就这些，陈年往事，早已被掀过的篇章。

一个扭曲的故事。

是的，几乎没有爱。

如果没有他，您和妈妈之间，会是另一番境地。

我和你妈妈本来彼此深爱，是他改变了我们人生的走向，连同你的。于是，他遭了报应。

那么凶手就是您啦？

不，不会有比我更爱他的人了，哪怕你母亲。没有人能如我这般长久而又深沉地爱着他。几十年来，为了这爱，我不曾有过哪怕一丝一毫的怠惰。每个夜晚，我都会觉得他就在这个房间里，我甚至能听到他的叹息，能看到他就躺在这张床上就在我身边。尽管是无形的但我知道，他就在那儿，不离不弃。知道什么叫信仰么？就是，你坚信的东西永远都在你的心里。所以，这天下最能读懂《献给艾米莉的一朵玫瑰花》的唯有我。我甚至不记得作者的名字，但那故事却成了我的永恒。

福克纳。这是他的小说。威廉·福克纳。美国作家。

不管他叫什么，哪个国家，都不重要。对我来说，重要的是，他在写着艾米莉的时候，就等于是在写我。他仿佛能看到我的内心，能深入我的骨髓，能了然我周身的每一个细胞。他知道我的所思所想，所爱所恨，就如同他的艾米莉。是的艾米莉为什么要用砒霜毒死那个她爱的男人？小说并没有告诉我们艾米莉的男人会不会留下，但艾米莉却知道这个浪迹天涯的男人迟早会离开。于是很多年后，这个失踪的男人被发现死在了艾米莉楼上的木床上，并且依旧保持着那个拥抱的姿势。而尸体旁的枕头上是艾米莉那长长的铁灰色的发丝。那男人显然早已朽烂，只维系着某种虚空。但有时候，对某些人来说，虚空就是现实，哪怕被厚厚的尘埃所覆盖。

老女人荡气回肠的讲述，让年轻女人不禁毛骨悚然。尽管她早就熟稔了福克纳，早已将艾米莉的玫瑰花领悟到灵魂里，却仿佛从来不曾听到过这个长歌当哭的故事，这个，被姨妈讲述的，让人一唱三叹的文本。

和艾米莉不同的是姨妈温暖的目光。我们看不到那具几十年后衰朽的身躯，而爱，在姨妈的心中，是无须停留在物质上的。

是的，那男人，他永远生活在我的身边，如影随形，哪怕你看不到那完美的虚空。于是在虚空中坚守关于他的永恒的信念，便成了我所有的人生。

然后是坚定的目光。某种自豪的期许。那是她自己创造的，她和她爱的男人的故事。

年轻女人想要离开，既然，她已经谙知了那曾经的一切。在这个晦暗的弥漫着死亡气息的大房子里，她已经觉出了某种坟墓一般的窒息。窗外的明媚被遮盖。而黑暗中，她几乎看不到姨妈的所在。于是她摸索着，想要找到一条走出迷茫的路。却不知姨妈忽然从哪个黑暗的角落冲过来，截住了她。

我不过是说出了我对小说的感受，对艾米莉那种执著于爱的女人的理解。我或者理解得不对？为什么非要守着那具形同虚设的尸体呢？爱也可以是无形的，只要在心里，在灵魂中，坚守着那意念。这或者就是我和艾米莉的不同之处。只要有了意念，就没有什么不可以实现的，哪怕做爱。

年轻女人瞠目结舌。在昏暗中她只能看到对面那双闪着咄咄光芒的姨妈的眼睛。于是她退着，朝着门的方向。她说她恐怕真的要走了。她退却着直到门口，然后停在那里，沉默良久，才终于说出，我，我能看看他的照片吗？我想，姨妈这里可能会有……

为什么？你还是没懂姨妈的意思。意念，懂吗？也许外国人不在乎这些，但有时候，意念也会形成图像的，所以，我为什么要保留他的照片呢？他已经刻在我的心上，融化在我的血肉中，他就是我，我也就是他，这你能懂吗？

姨妈，您说的太玄了，没人会懂。

如果你真的想看，老女人沉吟片刻，那么，请跟我来……

越来越重的昏暗。年轻女人跟在姨妈身后。她有点心慌意乱，不知道是惊恐，还是对父亲影像的期待。她在黑暗中前行。任凭姨妈牵住她的手。那么冰冷而僵硬的牵引，却有渗透骨髓的温暖。她想要看到那个男人，却又怕那是姨妈的陷阱。她不知自己将被带到何方，亦不知这个阴森凄冷的大房子里，到底还藏着什么不堪的秘密。

　　就这样在黑暗中，被那只枯瘦的冷手劫持。然后一扇门被推开，一个看不见的房间。一股来苏水的气味。手被抓得更紧。她想要挣脱姨妈的控制，逃离这恐惧的深渊。她宁可不知道父亲的长相，将布满伤痛和污秽的身世彻底埋葬。

　　伴随着"啪"的一声。卫生间亮如白昼。被刺痛的眼睛迷蒙一片，却被蛮力拉到镜前。姨妈说，睁开眼睛看吧。又说，看到了吗？既然，你那么想要看到他。年轻女人疑惑不解。还不明白？这就是他。镜中的五官容颜，活脱脱他的翻版。简直惟妙惟肖，仿佛他就在眼前。你是那么像他，你妈妈没对你说起过？

　　面对着镜中影像，年轻女人捂住自己的脸。她不敢相信那就是自己，也就是她想要看到的男人。她害怕极了，不知该怎样面对。那是她第一次意识到那不是自己，而是，被母亲和姨妈争抢着爱得死去活来的那个男人。

　　想到这些她不禁周身寒战，像万箭穿心般疼痛难忍。她不由得吼叫起来，困兽般地绝望。你们，为什么要生下我？我是什么？无非是一个人质，任你们宰割。你都不爱我，从没有爱过，就因为我长得像他，那个被你们杀死的男人……

不是那样的，孩子，你就是你自己。姨妈从身后抱住年轻女人，温柔地说，我们爱你，并不仅仅是为了他。他早就消失在物质的世界中了，早就灰飞烟灭了，而你，却是我们的希望，我们唯一的爱……

为什么要将你们的恩怨，延续在我身上？

不不，我们早就尽释前嫌了，你都看到了，否则，你妈妈怎么会让你认我这个姨妈呢？

姨妈让年轻女人再度朝向镜子，说，抬起头，看吧，你自己到底有多美？姨妈早就知道，那时你还在襁褓中，我就看到了，你是我和你父亲最完美的结合。你不像你妈妈，是因为你遗传了我的基因。有时候就是这样的，所以你才会这么漂亮。而你母亲，她只要爱你，进而爱你的容貌，也就必然地会爱我……

年轻女人奋力挣脱。她知道这个被称做姨妈的老女人将永远是邪恶的。她能杀了她的男人，就也能伤害她和她的母亲。她于是退着，她说不要，你不要再接近我们，你离我远点儿离我妈妈远点儿，我知道你恨她，你会报复她，我不允许你……

哼，你以为是我要和她在一起？她回国后无依无靠才来恳求我。她说她谁都不相信，甚至那个和她有着肌肤之亲的作家。是的，除了我，她不再有可以放心依赖的人。我们是亲人，血脉相连，唯有我才能保护她，包括你。

然后那女人打开房门。脸上的表情又恢复了往日的冷漠。她说，走吧，小红帽。记住，姨妈不是狼外婆。

第二十五章

　　她问摄影师，书里写的那些都是真的吗？甚至那些细节的描绘。她说现在编辑部的每一个人都在读这本书，生怕其中掠过自己的身影。

　　怎么会起了《半缕轻烟》这书名，这不是普通人能想得出来的。

　　我们就仿佛都被放到了作者的显微镜下，要通过怎样的放大，才能看清楚我们到底有多邪恶。

　　怎么至今都不能确认书的作者到底是谁？

　　是啊，谁能窥得见那么多隐私？又谁能如此不动声色地洞若观火？

　　听听这段，摄影师随便翻开书的一页。

　　你想让自己变得和作者一样无聊么？

　　不管这本书写得是否道德，但到底还是出版了，并且将编辑部所有人置于光天化日之下。

　　主编说她不会放弃起诉的权利，更不能容忍这本书对大家的羞辱和伤害。听说她已经请来法律顾问对小说进行甄别。他们将通过必要的手段来排除嫌疑人。

又能如何？摄影师蜷缩在房间一隅，他或者还没有从失去妻子的悲伤中走出来。已经很久了，他找不到她。没有她哪怕一丝的信息。他觉得他已经彻底失去她了，他失去了她才觉出他是多么需要她。

这一段，我已经反复研读过。蓼蓝躺在床上丈夫身边。显然这都是真实的，是当事人的告白。为什么会出现在《半缕轻烟》中？就仿佛亲眼见过亲身经历过一样，就仿佛做那种事的人就是他自己。你如果不想看，我可以读给你听。

> ……她喝醉了，他搀扶她，把她送回她的房间。在蛮横的亲吻中，她将他留下。最初他不想，但欲望燃烧着女人。他决意拒绝，却身不由己。于是被欲望驱使，他不得不加入到她的唇齿之间。然后情不自禁地在她的身上翻飞起来，那肌肤被香水浸透。他深深地呼吸着她的气息。而他亢奋且无意间触到的，是她的乳房。但他终究不知道自己是否应该这样做。亦不知这样做的后果会是什么。但他在她的怂恿下，还是那样做了。他不讳言，那也是他拼命想要实现的愿望。

丈夫从妻子身边离开的时候满身热汗。不知道是因为迷乱，还是，受不了煎熬。

……他终于难以克制地进入了那个陌生的巢穴。他知道即便坚守着，也会在某个难以抑制的时刻流泻。他只是不知道女人的这种地方到底有什么不同，那所有的潮热。差别或者只是女人不同的姿态。风情的抑或疯狂的，以及高潮时她们不一样的呻吟。

……就这样，在一个没有人能看到他们的城市，他们无拘无束地交欢。白天夜晚，花前月下，一遍遍重温着那不懈的激情。他们在床榻上出出进进，就仿佛人们来来去去的话语。而那一刻，被女人劫持的那个男人，他是否有过灵魂的不安？

……但后来，慢慢地，被迫变成了某种自觉。抑或他们已真的相爱，真的离不开对方的肉体，以至于，他不仅要陪伴她出差出国，还要在异地为她酿造云雨之欢……

简直无聊透顶！男人终于忍无可忍。他夺过妻子手里的书，狠狠摔在地上。你竟然欣赏如此低劣的色情，到底居心何在？

妻子的身体冰冷，还有，迷蒙的眼泪。她说那不是幻觉。在那漫漫长夜，我确实曾真切地看到，你们做爱的景象。和想象中的一模一样。甚至能听到你们的喘息……

你有病吧？

就那样一遍一遍地，在大脑中反复播放。

你已病入膏肓。要不就是变态。何以堕落如此？是为了羞辱自己？

那么急不可耐地，你们爬上宾馆的床。接吻，而后脱掉衣服。赤裸着，如饥似渴地劳作。女人的乳房震颤。然后是蛆虫一般的蠕动。那么美丽的身体，却不是我的，也听不到我委婉的呻吟。我只是自怜自艾，在凄冷长夜。当落花无尽……

你不要再羞辱我了，男人打断她。

却，只有我。只有我迷失了，在谎言的荒野。后来所有人都知道，她，就是你的情人。唯有我被蒙在缭绕的雾里，雾里妖娆的野花。为什么是她？我毫无戒备，只觉得她好。于是愈加地衰朽沉沦自暴自弃，因为生命中没有了你。为什么你们全都清醒着，唯独要我雾里看花？没有人同情无辜者，就像，被踩灭的丹柯的心。我恨那个夺走你的女人，却不知恨的是她。为什么她决意带走你，却不来跟我说？如此侵略者一般地，践踏着无辜者的无辜。她就那样明媚地走来，毫无愧疚地微笑着，却不说已经羞辱了我。

到底有多久了？自你改弦更张的那一刻起？电话里坦荡荡的样子，毫不避讳地，甚至在抱怨她的诸多不是。谁又能保证那不是欲盖弥彰呢，是为了松懈掉我的警惕。说出的应该只是冰山一角，那些裸露的部分。而水下隐藏的那十分之七，是永远不会被说出的，你我却都能感觉得到。

没有悲伤，只是疼痛。也不是身体的疼，只是精神的迷惘。你不得不付出你的欢愉。又曾几何时，从必然的王国游弋到自由的王国。从此你如鱼得水，将她的欢愉不着痕迹地变成了你的享受。

而后你不断离家。那长长的岁月，不知有多少次露水之欢，是否从第一刻起，那欢愉就始终伴随着你们？女人从床下捡回那本肮脏的书。作者，可谓极尽挑拨之能事，几乎列举出了他们每一次出差的日期。

丈夫突然转过身来，钳子一般地握住女人的手腕。他恶狠狠地凝视着她，除了你，是的除了你，谁还会对我们出差的日子感兴趣？

女人挣脱掉男人的手。你把我当做什么人了？我可以自杀可以消失，但绝不容许你怀疑我。你觉得我编得出这本全景式的大书？你觉得我写得出这振聋发聩的文字？你觉得我对世间的万事万物还感兴趣？你觉得我需要用这种方式来报复你和她？要么你高抬我了，要么，你根本就不了解我。最多几行小诗，聊以度日，在你颓唐下来的时候，我比你还落魄。妈的，我只是觉得不舒服。明明你是我丈夫，却要由别的女人来安排你的生活。不仅如此，她还要决定我的命运，让我的生活也跟着你们来回转。于是，你和我都不得不委身于那个提拔了你的女人，就仿佛签了卖身契的奴隶。而委身于她，之于你，并不是牺牲，或者正是你求之不得的。但于我就是货真价实的牺牲了，为此我差点送掉了性命。

就这样，将那所有的恩恩怨怨付之一炬。解脱的方式就是，将我的信念泯灭。我好不容易才认识到，你的不忠，其实并不全是那个女人的错。性，总归要两个人才能完成，哪怕强奸。如果男人坚守着，不逾矩，但是，你没有。或者你投降了，或者，你压根儿就喜欢。那就更不单单是引诱者的责任了，你也难辞其咎。

那么，那么作为失意的妻子，她还有什么可抱怨的？她于是不再嫉妒，也不再步步紧逼找回那好不容易才获得的，那种无望中的心理平衡。当然，倘没有这个新来的女上司，没有这无端的觊觎者，这个，日益向下滑落的、与世无争孤芳自赏的家庭，或许，还平静而自得其乐地存在着。但那个女人就是来了。飞越浩瀚的大洋，或者就为了能遇到你。于是吹皱一池春水，让迷乱笼罩心灵。而任何世事的改变，大都由心理的崩溃开始。于是冥顽不化的灵魂，开始了不期的松动。就像在海浪中溃败的那太平洋的堤坝。她夹带着风一般的梦想，烧着了那退避山林的修士。于是在熊熊烈火中，他唯有告别悠然。

或者这就是男人的本性。总是被钟情的女人任意驱使。曾几何时的一个转身，便成就了他有如神话一般的蜕变。从此那幸福的感觉绵延到每一根亢奋的神经上。就像天堂里一道被灌满的水渠，溢出来的全都是琼浆玉液。

而妻子却几多残落诗行，独守着空房的寂寥。她不停地问着，难道，唯有献出精液才能换回璀璨的未来？是的，如果必须，他们当然可以牺牲。丈夫已然如此，于是奉献中不仅欢愉，还拥有了梦寐以求的似锦前程。但妻子在牺牲中唯有苦涩。她知道她失去的也许再不会回来了。

她捡起那本被扔掉的书。书页上沾满床下的尘埃。那一团团毛发，一张张纸屑。女人艰难地读下去。等等，等等，她不敢相信，这不是她曾经说过的话吗？怎么也会出现在书里？是的是我说的，毫无疑问。却忘记了什么时候，对谁说起过我的悲愤。那所有的伤心绝望，总要说出来。找到一个同情我的人，但是谁呢？我又会对谁说？

妻子走进丈夫的书房，想对他说出她的疑惑。她已经很少来这个房间了，这里就像一块飞地，始终冷冰冰的，将她拒之门外。男人甚至没有回头，他只是痴迷地对着电脑。于是女人退了出去。紧接着又推门进来，抱住男人。

从什么时候开始，他们不再渴望对方的身体？是谁让原本恣意妄为的领地变成了不能相互碰触的禁区？偶尔的猥亵挑逗，立刻被随之而来的各种理由所击溃。不再有强烈的需求，勉为其难地，而他们还那么年轻。就这样，那所有床上的游戏不了了之。如果连这些都没有了，这空荡荡的房子里，还剩下什么？

慢慢地，他们不再睡在一张床上。理由是他要奋起直追，补上那些被丢失的光阴。我们还不曾年华老去，为什么就开始分床进而分房，或者真的是已经未老先衰。连身体都离得那么远，还怎么可能做爱？

于是她不禁想到那个和她同样遭遇的女校长。自己的男人，却被别的女人拥有，会是怎样的心境？后来作家干脆睡到自己的书房，美其名曰是为了女校长好。但其实谁都知道那只是为了某种坚贞不渝的姿态。远离你的妻子，远离她的床。更不许靠近她的身体，甚至她的心灵。进而将家中所有可能会生出欲望的器具全部损毁，譬如双人床。要做就做得干净彻底，又兵不血刃。于是就有了这个家庭分崩离析之前的那段壮丽的前奏曲。然后大幕拉开，金戈铁马，遍体鳞伤。

她抱着她的男人，他没有挣扎。她觉得他好像已经失去那个女人了，于是他沉默。那是他所不能选择的，所以无可奈何。那种想说又说不出来的他的疼痛。当面对他的悲哀，她竟然有了种母亲的情怀。她更深地将他拥在怀中，亲吻凌乱的发丝。她无意追剿那些曾经的往事，亦不对他们的未来怀有希望。那女人怎样和她毫无关系，她也不再惧怕，有一天，他终究会搬出这个家，从此和她形同陌路。

她只是用她的体温，慰藉着他受伤的身心。竟漫漫滋生出某种难抑的快意，复仇一般地残忍而残酷。突然冒出来的责问，连她自己都莫名其妙，但她最终还是问了，你一生中干过的女人，有没有你不想干的，或者干过之后又后悔的？

男人像逃离瘟疫一般地逃离了女人的怀抱。他怔怔地看着女人，似乎想从她的表情中找到邪恶。他觉得能说出这种话的女人一定是丑陋的。他当然听懂了她的那么轻描淡写又尖酸刻薄的问话。他只是突然忘记了，她问的到底是什么，需要他回答吗？

他开始在狭小的书房里来回走动。他走来走去的样子就像是笼中的兽。他从来没有被问过如此直截了当又如此令他不堪的问题。他尽管不能将问话的字词照原样连接起来，却已经知晓了她所有的"良苦"用心。

对男人来说，无疑这是羞辱。这说明，她先就把他定格在流氓成性又寡廉鲜耻的位置上了。可他不再是那个不通庶务的落拓书生，他的论文已经被发表在国内各类顶尖的学术刊物上，甚至跻身于知名学者的行列，而你，你怎么能责问我这样的问题呢？你真的不明白这是在诋毁我的人格么？

当然，如果你不愿意回答的话……

男人抬起头看墙上的挂钟。他的表情近乎绝望。他说，此刻，她的飞机起航了。

女人的感觉流水一样，从头到脚。

她母亲没有对你说起过？男人平静地叙述着。她选择了离开。如你所愿。

就是说，我们的婚姻还有希望？

为什么还要做天方夜谭的梦？

女人离开男人的书房。她开始怀念那些被丢弃的诗篇。她觉得那就是她的全部了。

第二十六章

　　此前他就像隐身人一般，总是不在场，以至于人们开始怀疑，这个男人，是否真的存在过？他总是在幕后，总是被别人来叙述。所以，他认为人们对他的解读都是误读。只有他自己知道真实的自己，在平淡的生活中，他是怎么想的，又为什么要那样做？

　　这是他唯一的一次出场机会。他可以走上前台，告白他缭乱的人生。爱的或者不得不爱的个中滋味，只有他自己能看到的那晦暗的心。于是，我不下地狱，谁下地狱，嗯？

　　是的，你一生干过的女人中，有没有你不想干的，或者，干过之后后悔的？

　　强奸，有时候不是为了欲望，而只是义愤填膺。那是对恶棍而言，而我，谦谦君子，怎么可能放任我的欲念？

　　我诚实吗，作为你丈夫，我觉得我还没有泯灭良知。而我的才华，我曾经的辉煌，那可以想见的扬帆远航，也是众所周知的。就因为不想混同于那腐败的学术而不获晋升，你也是知道的。我不管别人怎样看我，说抵抗媚俗也好，说为出风头也罢，既然我选择了这条路，便自安其命，也乐在其中。尽管止于副教授的阵列，我却也无怨无悔，自恃自己甚高的天分，从此淡泊名利，只教书育人，也从不在女学生面前附庸风雅，哪怕我感受到的那些崇敬进而爱慕的目光。之所以正襟危坐是因为，这对我来说关乎道德的尺度。一旦你为人师表，你便唯有坐怀不乱。因此，从来没有干过不该干的女人，自然，也就对人对己，无悔无愧。

　　然后娶了你这样的女人。一个和我的心性全然不同的异性。我不想你接近我的事业，更不愿你追随我的潦倒。我们中倘还有一个人能在岸上，或者这残喘的家庭也不会如此枯寂。那曾经的浪漫，曾经的嗜血诗篇到哪里去了？和我一道沉沦，一道被海浪淹没，就是你的爱么？于是，我知道完了，我的人生，还有你的。你我都不再是对方救命的稻草，那我们还有什么希望？然而要沉的船却不是在大风大浪中，我们曾遭遇过什么毁灭性的打击吗？不，没有。记得我曾经无数次用英文诵读的《到灯塔去》么？船夫们在渔船即将倾覆的那一刻，他们在惊涛骇浪中高喊的是什么？我们灭亡了，各自孤独地灭亡了，这就是我们。

　　那也是我发自心底的呐喊，也是我们绝望人生的写照。我不想灭亡，却走在一条灭亡的路上。而我，在那个歇斯底里的酒吧，抓住你，其实就是想让你给我希望的。

　　但是，却成了现在这样，我们各自孤独地灭亡。而这灭亡，甚至连这灭亡都这样颓废低沉，了无声息。那种被窒息的感觉，渗透在家庭的每一个角落，甚至空气里，尘埃中，那无所不在的委靡和衰败。为什么，在你温暖的爱情中，我却一天天变得衰弱，变得了无人生的兴致？一种莫名的被剥夺的感觉，一种坠落的感觉，一种被投放了适量砒霜般的那种，慢慢死去的感觉。就这样，日复一日地，每时每刻地委顿下去。那一点一点地，慢慢地死，想起来依旧令人毛骨悚然。

这种坠落的感觉，你也一定有。而你对我来说，就是这死亡坠落的加速器。你那么轻易地就丢掉了你的诗，从此追随我老鼠一般暗无天日的生活。我一直不明白你为什么要认同我的衰朽，进而将你的人生毫不犹豫地融入进来。你到底为什么不想让我们的生活飞扬起来，云一般飘在明朗的天空？你又为什么让我们窒息在凝滞的空气中，不让窗外的清风吹进？是为了爱？还是，你就喜欢这种病态的生活？不，那不是你的天性，我见到过原先那个我行我素的女人。或者，你觉得只有这样牺牲自己，我们才能珠联璧合？这或者就是我不够爱你的地方。我不喜欢一个人总是盲从地跟在另一人身后。于是岁月晦暗，连透气的地方都没有。

然后，她仿佛从天而降，带着青春和满身的馨香，甚至无处不在的性感。总之那所有的美好。在她身边，你可以看到明朗的蓝天，可以呼吸健康的空气，你甚至能感到某种灼热的照耀。她不会也不可能像你这样，无条件地迁就我。她有她的梦想，她的追求，甚至她的功名之心。她就是带着这些来到我身边的，所以，我没有任何防备。她说她要唤醒东方睡狮，要我们从此跻身于世界之林。尽管我久已耽溺于落拓与沉沦，但在她的就职宣言中，在她那么激情澎湃的对未来蓝图的描绘中，我还是有了种振奋的感觉。于是不由自主地想要追随她的目标。就在那一刻，我仿佛突然看到了某种希望。甚至，在看到她第一眼的那一刻我就知道，我有救了，而我们这个死寂的家庭也有救了。

是的，这位美国名牌大学毕业的女博士。是的这个既年轻漂亮又朝气蓬勃的新系主任。难道她就是上天派来拯救我衰朽灵魂的使者？难道她回来就是为了救我于水火之中？是的她出现在我们最最潦倒无望的时刻。尽管我们已认同了这迷茫的生活，却还是在心的底处有着某种想要挣脱的欲望。她的到来不仅带来了我内心的躁动，也让我看到了原来知识也是可以干净的。于是在她迷人的感召下，我开始重操旧业，没有半点勉强。我后来的努力你都看到了，如你所说，我几乎变了一个人。我变得勤奋刻苦，孜孜以求，甚至像小学生那样地想要讨好她。最初的时刻，我不顾一切地取悦于她，那些急功近利的示好行为就仿佛孔雀开屏。我要让她看到我的学养，我的才华，而我那些在国际刊物上发表的有影响的论文，也都是在那个阶段写出的。不过，这只是高山仰止之后的某种本能的反应。作为男人，你不能不折服于这个光芒四射充满了魅惑力的女人。那是任何异性都难以抵御的。当然，不包含性。

于是我们自然而然地亲近了起来。她倚重于我，而我，则是超出了同事限度地开始迷恋她。然后是各种各样的会议，不同的城市和国家。从此我就像被鞭打的陀螺，身不由己地追逐着她几乎所有的行踪。那是爱吗？我不知道。至少在很长一段时间内，我一直把这当做业务行为，抑或某种生存所必需的方式。是的，我愿意成为她麾下最杰出的人才，而不是从前那个阿Q式的"无冕之王"。于是，我开始渴望得到教授的头衔，我觉得那不仅仅是我的实至名归，也是她作为领导者应该拥有的某种骄傲，所谓的强将手下无弱兵。很可笑，是吧？可我就是这么想的，更多是为了她，为了她的那点点滴滴。

的确，后来，我们就有了某种异性之间的相互吸引。不知道什么时候开始的，亦不知何以一发而不可收。慢慢地，相互见不到的时候，就有了某种丝丝缕缕的牵念，那甜甜苦苦的思绪的缠绕。不过自始至终，都是她主动。不不，我不该这样说，也没有贬低她的意思。我只是以我的引而不发，去应对她的大胆和热烈。

她笃信爱是需要争取的。只有通过努力获得的，才会更珍贵。爱就是爱，和道德无关。爱是自由的，自由才能幸福。这是她的逻辑，她自然身体力行。于是我有很多暗示，譬如你的存在。她说她不管别人，对此也毫无歉意。我说我是东方学者，她满脸鄙夷不屑地说，所以你更道貌岸然。

第一次，是的，在C城那家优雅的酒店。那晚她喝醉了，我送她回她的房间。她靠在我身上，小鸟依人一般温暖。她顺从地跟我上楼，那脚步凌乱，醉眼蒙眬，说很久都不曾这般放肆了。然后她开始支离破碎地回忆，说她在美国上学时几乎每个周末，都会在酒精中醉生梦死。我曾经在街上的垃圾箱旁边睡过整整一夜，醒来时才发现天已经亮了。不过现在好了，身边有你。我没醉，我只是多喝了两杯。是因为和你在一起才飘飘欲仙……这个，只有我们两个的夜晚……

然后，我们来到她的房门前。我为她找到房卡打开了那扇沉重的门。那无花果色的松软的地毯，暖暖的，然后是让人不能不想入非非的床。我倚住门，任凭她跌跌撞撞地走进去。进门后她做的第一件事就是踢飞她的高跟鞋。然后她脱掉外衣，露出身体的曲线。直到这一刻，我，或者才意识到，我护花使者的使命已经完成了。我知道我该离开了。离开时有某种不舍的缠绵。但我决意离开，我甚至已经走到门外，卫生间却突然传来女人的指令，请把咖啡煮上。

我站在敞开的门口，进退两难。迟疑间，我终于选择了离开。我对着卫生间那个看不见的女人说，早点休息吧，你明天还有大会发言。我这样说着退了出去。我确实去意已决，因为我答应过要给你打电话。于是我轻轻关上身后的门，我不想关门时发出任何响声。然而在最后的缝隙中，却突然地，门又被从里面奋力拉开。

那女人，秀发蓬松，目光迷乱。就算我邀请你了，还不行吗？

我确实答应过要给家里电话……

就不能在这里打吗？有多少说不尽的情话？还是，需要在电话里云雨交欢……

我一时无语。我们，依旧一个门里，一个门外。

既然没有什么，就不能陪我喝一杯咖啡么？

你知道，我这个人，咖啡会让我兴奋……

兴奋不好吗？

我会彻夜睡不着觉。

为什么非要睡觉呢？睡觉有什么好？就像死去。

我是说，那一刻我真的举棋不定。不是没有诱惑，在那样的情境下。直到我说，我还是走。

于是女人不再挽留。眼睛里却流露出受委屈小孩一般可怜的目光。我差点就被那眼巴巴的目光击垮了。我硬着心肠转身，道了晚安，却突然被她冰凉的双手紧紧抓住。在半掩的门里门外，我们无声地挣扎着。在如此不管不顾的挽留中，我反而更坚定了想要离开的意志，我几乎已经抽出了我的手臂……

突然，电梯间传来鼎沸的人声。男男女女，那些话语高亢兴奋。住在这里的都是会议上的学者，其中不乏一些熟人。伴随着欢声笑语，和那踩在松软地毯上的无声脚步……

那是唯一的选择了，我们必得避开那些正在慢慢走近的人们。与其让他们看到我们拉拉扯扯，不如龟缩进去，隐藏那不想让人窥见的缠绵。身不由己的，抑或天意？而天意在某种意义上，有时候就是命运。命运是能够改变的吗？

于是，在她的房间，我暂且留下来。既然留下，只好用咖啡来充斥这惶惑的空间。于是咖啡的香，立刻灌满了整个房间。那是咖啡所特有的情调。那也是可以引发各种暧昧的最完美的氛围。

男人不看女人，只递过去煮好的咖啡。

女人说，有时候拒绝，就等于是被羞辱。

男人说，你以为，我们能控制自己吗？

于是女人不再指责。她转身打开背景音乐，在频道转换中四处寻找。直到找到了那首她喜欢的大提琴曲。于是，大提琴演奏的《夜曲》，唯有大提琴才有的低回的忧伤，叙事一般地呜咽着，好像夜空中被流云遮住的月光……

我们远远地坐在各自的位置上，聆听大提琴所给予我们的震颤。在夜晚的梦一般的琴声中，我们只说，《夜曲》真好。某种悲凉渐渐溢开。咖啡不错。很香。要奶吗？或者，糖？

我很快就喝光了咖啡，我当然知道，应该慢慢地啜。但是我真的越来越紧张了，不知道接下来该怎样做。我觉得，其实我并不了解眼前这个陌生的女人，哪怕是她给了我新生。后来我终于鼓足勇气站了起来。说，你睡吧，然后开始机械地向外走。我坚信，只要走出了那扇沉重的门，我就解脱了。我觉得她会让我离开的，既然，我已经明白无误地做出了走的姿态。

然而，就在我终于抓到了门把手的那一刻；就在，我庆幸自己终于走出了惶惑的那一刻；就在，仿佛一股清泉从头顶一直流到脚心的那一刻；就在，我以为我终获自由的那一刻，那女人竟抢先一步，靠在门上，凝视着我，那哀求的目光几乎羔羊一般。

她拿开了我紧握门把手的那只手，拿走了我的决心和意志。然后是排山倒海一般狂热的吻，吞噬着我们来不及的喘息。她的吻，吻到天昏地暗，吻到了灵魂的窒息。那吻，就那样绵长地调动起我们身体中的每一根神经。那么柔软而冰凉的，女人的嘴唇。那甜丝丝酒精的气味，连同，她甜丝丝女人的呼吸。

那么，在那一刻，我想到你了么？如果你愿意听真话的话，那么，我怎么可能想到你？我被劫掠，身不由己。那浪潮一般的激情，正在将我无情淹没。我或者根本不想配合，但无论你做怎样的抵抗。似乎每一个挣脱的动作，都会被误认为是情欲的怂恿。于是，女人的欲望越来越疯狂，但那不是我的本意。但我却不由自主地膨胀起来，本不愿如此的。但男人的软肋，却不是意志所能控制的。那一刻我觉得自己一如脑溢血患者，所有的自主神经都被溢出的鲜血压迫了。我动转不能，被诱惑驱使着。我知道在那种情境下我的意志已溃不成军。于是只好被身体中的动物性所驱使，任凭它把我带到她想去的地方。

是的有时候欲望就是能调动一切。于是我干脆加入到她的欲求之间。我一如恶棍般在她身上任意摸索，那迷幻的肌肤被香水浸透。

是的，我加入进去，野兽一般地凶猛。我不再谦谦君子，温文尔雅，既然，她已经让欲望占据了一切。于是我长驱直入，并很快转换为主动的一方。反正是做了，便一不做二不休。我开始撕扯她的衣裤，显然她喜欢这种粗野的施暴。我剥光了她的内衣，将她赤裸裸地扔到床上。她不是想要吗？好吧，我敞开自己任她随意触摸。我只是不知道该怎样接近她的身体，亦不知她喜欢被男人蹂躏身体中的哪个部位。面对她风情万种的躯体，是的，我到底还是犹豫了……

　　但她却那么急不可待地将她的身体贴紧我，赤裸的躯体间几乎没有缝隙。便这样，她甚至不给我从容的时间，就完成了我们的第一次。然后漫漫长夜，反复启动，却还是不能平复女人的欲望。她就像一个巨大的无底洞，总是要总是要，无非是想把我的能量全部吸附在她永恒的欲望中。

　　是的，最终欲望成就了女人。

　　每当我想起和她的那第一个夜晚，就不寒而栗。

　　那晚我并没有留在女人的床上，回到自己的房间后才觉出了瑟瑟的冷。那时候天空已露出美的霞光，我才得以有了想到你的空间。我知道你一定彻夜醒着等我的电话，想到这些不禁歉疚。但又想到底是报平安的电话重要呢，还是我和她地动山摇的夜晚重要？我不后悔这个和她在一起的长夜，我只是不知道这样做的后果会是什么。

　　我知道或许应该给你打个电话，又觉得这个凌晨的电话，无论我怎样解释，都将画蛇添足。于是在瑟瑟冷意中我开始反省自己，我从来都有那种道德自赎的能力。我于是迁怒于自己，不原谅昨夜的荒唐。我知道那并不都是女人的错，哪怕她挑逗在先。进而我觉得自己道德败坏，不可救药。明明有妻子，也明明相爱，可我为什么还是进入了那个陌生的巢穴？

　　或者我是想有所比较？只有比较才能领悟那新的感觉。不同的需求，迥异的姿态，甚至高潮时斑斓的表演和歌吟。是的只有体验了才能知道自己想要的究竟是什么。是的在我们的家庭中我们的床上，我本来已经非常满足了，但是，但是当我附着在另一个女人的身上……

接下来的日子，我们几乎夜夜在一起。白天也不会放过，甚至，会议中咖啡茶点的那段短暂时光。我们会凭借相互的眼神先后离开，然后急切而匆忙地赶到她的房间。按亮"请勿打扰"的标示，然后上床，迅速完成我们想要的那一切。我们一遍遍重温那不懈的激情，总是在很短的时间里放射出强烈的欲能。我们相互缠绕，恨不能将对方融化。我们甚至希望能成为一个人，一个不可拆分的共同体，永生永世地彼此拥有。

然后我们清理残留的液体和不散的气味。被咬破的嘴唇和让女人着迷的男人苍白的脸。她喜欢男人为了她而生命枯萎，精力殆尽。她甚至渴望男人因纵情于她而死去，就死在她的身上。于是，在 C 城，我们无忧无虑地放纵着，又无拘无束地欢愉着。我们不停地做着，不停地享受着天上人间。

慢慢地，道德不再是我们之间的屏障。如此出出进进也没什么，就像人们来来去去的话语。何况人类本身就是大自然的一部分，哪种禽兽不是在来回交换着它们的配偶？于人的动物性的那一面，有时候就是能操纵一切。

但我最终还是茫然困惑。尤其被欲望裹挟的那一刻。那一刻我显然失去了思考的能力，但此前我确曾想过，一旦把性加进去，我们之间的关系就会变得异常复杂。所以，尽管我一直欣赏她乃至爱慕她，却不曾对她有过一丝一毫的非分之想。我希望我和她之间就定格在上下级关系上，最多再加进去几分暧昧的友情。我不想因为某种欲望，就将我们的友谊毁于一旦。于是和她在一起的时候我一直进退相宜，不想和她走得太近。我当然知道，一旦开始，便覆水难收。

但就是有了这个女人想要的夜晚。醉酒，很可能是她为自己精心制造的情境。然后绵软的身躯散发出欲望的弥香。她最终得逞，而我，却陷入了困惑的泥潭。于是我始终耿耿于怀，为那个没能给你电话的夜晚。为此我不能原谅自己，因为我知道你将彻夜不眠。但我已无暇顾及这些，单单是她的激情就已经让我招架不住了。而你，你从来不会像她那样一而再、再而三地要我，你总是体恤男人的辛苦，总不想让他们精疲力竭。而C城的这个女人却毫无禁忌，她说她就是想和我做爱，做到死。

是的，那时候我不可能想到会有怎样的后果。当翌日清晨再度相见，是更加亲近，还是彼此疏远？但总之这样的夜晚必定会改变他们彼此之间的关系。是的，是被迫的，不，男人承认，从午夜的那一刻起，他就已经拥有了某种自觉。从被动到主动，从为他人到为自己……

当我们从疯狂的性爱中挣脱出来，连我都开始怀疑，或者，这就是爱？

是的，我们曾生活在平庸但却充满爱意的家庭中，直到面临危机。我知道你已经觉出了我的外遇，但我们却从未谈起过我们的婚姻。既然你已经参透了其中的微妙，为什么还要一个人苦熬？你总是波澜不惊，仿佛天下太平？是引而不发，还是，在静候那个复仇的时刻？当然，最终还是你魔高一丈，你用你的死，实实在在地报复了我。

很多天没有大提琴的声音了，穿过夏日的潮湿，却响起小号的旋律。就仿佛行走在刀锋之上，稍有偏差，就会落入万丈沟壑。原本那么简单的生活，不必隐瞒什么，更无须解释。不想说的，自然就，不必说，相互间有那种澄澈的信任。但自从有了那个夜晚，便从此要两面讨好，八面玲珑，将自己陷于极度的紧张和疲惫中。

于是仰天长叹，怨天尤人，不由得心向往那些被六宫粉黛环绕的代代君王，哪怕亡国之君。亡国了却依旧可以堂而皇之地出入各位爱妃的床榻，且不必向后宫任何女人解释，哪怕皇后。只是当西方文明的一夫一妻制在这片古老的大地上滥觞，男人便渐渐失去了他们拥有女人的权限。从此贫乏而单一的爱或者性的关系，稍一逾矩，便会立刻坠入水深火热。

我是欣赏你们的，尽管，你们两人是那么不同。对你们我从不厚此薄彼，无论在谁的怀抱里。为什么不能同时拥有两个我都喜欢的女人呢？为什么，一定要在你们之间做选择？这于我实在是太难取舍了，你们，我谁都不想失去。于是我不得不借助你我之间先前的那个约定，我知道我利用了你，但这是我唯一的也是最有成效的挡箭牌了。由此，我可以不对你说我为什么重新开始了学术的追求，我也可以不让你知道我的生活中已经有了另一个女人。那只是我和她之间的关系，与你无关。当然，或者也是为了不让你为此而徒添烦恼。

但如你所说，一个爱着她丈夫的女人，怎么会感受不到生活中那潜移默化的变迁呢。

我猜你在怨妇一般的独守中，一定后悔了吧。你原本是想，在婚姻之外，你能继续拥有你的曾经属于诗歌的生活。我们的婚姻太快也太草率了，以至于很难进入稳定的状态。我们没有共同的追求，也不介入对方的事业，那么，在我们的生活中，还有什么呢？维系着我们之间关系的，竟唯有做爱，这简直让人难以想象。是的，做爱，两个身体的重叠，相互紧密的拥抱，多么牢不可破啊，但有时候，却又那么乏味与脆弱。

我知道，你从未倚仗约定来拓展你的生活。你从来信守婚姻的限定，有时候哪怕只是性爱。你以为，只要不停地做爱，无偿地坚守，就能保住我们的家庭。而我，我却最大化地利用了你的约定。

不过，确曾有过，我想将一切和盘托出的时刻。那是因为我自己太煎熬了，仿佛灵魂被慢慢吞噬。是的，我越来越难以承受这痛苦的折磨，我已经到了崩溃的边缘。我觉得这对你太不公平了，那深深的幽怨，不是什么女人都能忍受的。与其坐视你的苦难，不如承受你的怨愤。然而你却无怨无愤，反倒让我无地自容。每当看到你独坐窗前，就知道你已谙知了我的行径。那一刻我真想把你抱在胸前，在你的无奈与悲凉中坦承一切。很多个这样的机会，都被你仿佛心不在焉地错过了。是的，后来我才明白，你是不想救赎我。

有利益夹带其中吗？你曾经这样问过我。是的，开始时我们就是在相互利用。用她的话说，我们天造地设，珠联璧合，唯有联手才能双赢。是的，在工作中我们都需要对方，所以只有彼此依靠，相互默契，才能得到各自的利益。于是我把被我丢弃的那些学问捡了回来，送给她。而她呢，也为我赢回了那些本该属于我的荣誉和头衔。然后不知不觉间，我被纳入了她的轨道。仿佛进入了一个全新的世界，万事万物都充满阳光。是她重新锻造了我，而被她塑造的这个形象，也是我异乎寻常喜欢的。一个正面的，有方向有梦想甚至浪漫的学者。而这些，其实也是我为什么要和你结婚的目的。我曾寄希望于你的救助，我多么期盼你能把我从颓唐中拯救出来。我已经消沉得太久了，我知道我就要孤独地灭亡了。但是，你没有。你为什么就看不到我的心？你非但不能给我希望，反而让我陷得更深。

然后是性。从第一次，到数不清多少次，再到厌倦。不不，她从未厌倦过，为此她宁可失去人格。慢慢地，在我面前，她不再有尊严。有时候，甚至就像臣服于帝王脚下的奴婢。所以，为什么，张爱玲会说，爱一个人，就意味着，低下去，低下去，以至低到尘埃里。

而当初，她是有着鸿鹄之志和辉煌梦想的。她决意建立一个不逊于国外一流教学水平的外语基地，并且坚信自己一定能做到。但慢慢地，床笫之间的消磨让她几乎变了一个人。不再有高蹈的志向和切实的目标，只是沉迷于我们的关系中不能自拔。一度我们频繁参加各种会议，无论什么议题，哪怕极为平庸的，我们也会应邀前往。只要我们能单独在一起，只要能分分秒秒地彼此看到，只要我终于可以不再下班回家了——她说这是她最最受不了的。

接下来便有了各种流言。当然不是捕风捉影。于是爱情变得艰难起来，只能更加小心翼翼。于是隐情成为了时尚。那位写作了《O 的故事》的多米尼克·奥利竟痴迷地迷恋于这种"地下情"。她甚至觉得地下情在某种意义上，是一种高雅的品位。但最终这种偷情还是让人身心疲惫，甚至有了某种与日俱增的衰败感。像深秋的落叶，没有归宿。事实上我们已经决定，法兰克福的那次会议，将成为我们的告别之旅。尽管我们都非常痛苦，但我们依旧希冀着一个完美而浪漫的破碎。事实上那时候她就已经决定回美国了，她只是没有告诉我。

然而突如其来的那场大雪有如神助，延迟了我们飞往法兰克福的时间。那一刻我确实预感到了什么，仿佛被神谕指引着，只想回家。我没有同意和她住在机场安排的酒店等待航班起飞。不知道为什么，我就是想回家。我们分手时甚至没有告别。她显然不高兴了，眼眶里闪着泪。

为什么，偏偏是我救了你。但即便我是你的恩人，也无以抵偿我对这个家庭的罪恶。当我看到你的那一刻，我简直不敢相信。我以为你已经死了，而我是那么爱你。你被浴缸里的血水淹没。你在血水里漂浮着。那一刻，我不敢证实你还活着，我只是下意识地把你从浴缸里抱了出来。我把湿淋淋的冰冷而僵硬的你紧紧抱在胸前。我把你抱得多紧，就意味着我的罪孽有多深重。你的血流淌着，就是对我的惩罚。你的生命危在旦夕，就是上天对我的报应。

幸好你终于活过来了，也是命运赐予我的最大的恩惠，至少，我不会再觉得我的手上滴着你的血了。我感谢上苍恩顾于我，让我没有失去你。在医院里你终于睁开眼睛看到我时，我才意识到我是多么对不起你。是的，你才是我的恩人，让我不至于陷入永恒的黑暗中。是你拯救并解脱了我，让我有了重生的信念和廉耻心。我当即在心里发誓，决不再伤害你。我要让你知道，我并不是不爱你了，只是暂时远离了你。

然而，当我决定不再前往法兰克福，她震怒了。她说你不能想怎样就怎样，既然她已经脱离了危险。她说机票是不能更改的，而那个享誉国际的法兰克福会议，也不是随随便便就可以放弃的。而那时你那么苍白虚弱，鼻孔前只有一丝气息。在电话中，我说，这种情况下我当然不能走。她近乎歇斯底里地喊叫着，说你明明答应我了，为什么反悔？为什么，你还不懂吗？一个无辜者，为了我们走上绝路。我关掉了她的电话。

紧接着，电话又响，她好像平静了一些。不是告别之旅吗？你答应过我。连一个美丽而忧伤的分手，你都不能给我？电话中传来的是啜泣声。

而我坚守着我的防线。

她在电话里咄咄逼人，她说，是的，我不解风情。我尤其不知道，你杀了人。

你到底想要怎样？

我知道，你很悲伤，痛不欲生，你妻子就是你的命，你当然……

你用不着说这些。

那么，你作为中国学者的信誉呢？你知道国外学界是怎么看待你们这些中国知识分子的么？

然后，你坐起来，向我保证。你说你决不会再做这种傻事了。你说你已经死过了，就不会再死。你要我去开会，不用为你担忧。

于是在你的宽容下，我们再度去法兰克福。而她的告别之旅，在某种意义上就意味着我们将更加亲密。她所谓的知识分子的信誉，就是在酒店的房间里每时每刻和她在一起。那一次，我们几乎没有参加会议，甚至连旁听也放弃了，哪怕讲演者是国际知名的大学者。我们只是利用了会议为我们提供的下榻之所。我们穿云破雾遨游长空似乎就为了在这个封闭的空间里醉生梦死。

几天里我们几乎没有走出过房间。每天都是侍者为我们送来酒和食品。她说这种感觉很像是《夜间守门人》。她喜欢那位意大利女导演的永恒杰作。一个犹太女人和德国军官之间的绵延的爱。而且是两个敌对种族之间跨越式的爱，一种超越了大屠杀的纯粹的人的爱。战后被隐藏在守门人身份中的那个邪恶的战犯，当初生活在集中营的犹太女人确曾深深地爱过他。于是死里逃生的犹太女人在酒店与纳粹军官不期而遇。而这一遇，就遇出了他们不曾了却的铭心刻骨的爱。他们不再是犹太受难者，也不再是纳粹的残余。他们是站在人类共通的人性上相爱的，他们已经摒弃了被刻在生命中的各种政治标签。犹太女人宁可抛弃自己音乐家的丈夫，和夜间守门人重温旧梦。他们蜗居在狭小而不见天日的房间里，只要他们能在一起。他们不停地做爱，不停地做爱，就像我们，直到弹尽粮绝，他们竟依旧还在继续。无疑这样的故事偏离了常规，但后来，这样的作品越来越多，也越来越深刻。

而她，一个活在现代的明媚女人，为什么非要体验那种被封闭的绝望感觉？是的我们也成了那种和夜间守门人一样的哪怕不吃饭不睡觉也要做爱的男女。是的唯有做爱，唯有来日无多的那种凄惶的感觉。或者就为了这来日无多之后的去日苦多。

当女人拉开窗帘，让阳光流水一般地倾泻进来，就已经到了我们必须离开酒店，赶往机场的时刻了。她说，我喜欢你的苍白，喜欢你被吸空了的感觉和你的衰败。又说，知道结局是什么吗？不，你不要做出不了了之的表情，我是说，我已无怨无悔，可以回美国了。

那一刻我没有在意她的决定。我说我只是想知道那个结局。

难道这不是结局吗？

不不，不是我们，我是说，那个《夜间守门人》。

哦。她的深长的沉吟。

……他们走出陋屋斜巷，在清晨。他们已经精疲力竭，却还要在精疲力竭中逃亡。他们走上通向远方的大桥。他们或许看到了前方的曙光，但或许也知道了在劫难逃。但他们还是做出了逃跑的姿态，或者就为了迎接那些不知来自何方的子弹。他们相互亲吻着最后的爱，然后从身后射来足以毙命的子弹。犹太女人和纳粹军官相继倒下。他们不约而同地先后死去，死在黎明的硝烟里。

第二十七章

女校长气急败坏地走进编辑部，手里高扬着她刚刚读完的那本书。她说她已经报警了，她绝不会放过那个凶手的。这本书不仅无中生有地败坏了她丈夫，并又一次深深地伤害了她的家庭。她咄咄逼人地在办公大厅里走来走去，她疯狂叫嚣着，直逼主编办公室。

女编务毫不畏惧地迎上来，站在女校长面前堵住她的路。这里不是你的地盘，你不能在此为所欲为。

女校长蛮横地推开眼前的女人。你算什么，不过是她的一条看门狗。

女编务锲而不舍地继续阻挠女校长。你就是这样为人师表的？那么哪个家长敢把孩子交给你？

你不要转移视线，我是在说这本书。

女编务毫不退让地站在主编办公室门前，你到底想要干什么？你可以和我说。

和你说行吗？你能代表她？

我当然能代表她，你说吧。女编务义正词严。

也能代表她和我的男人通奸么？

女编务狠狠地打了女校长一个嘴巴。

你……

你就是不会有话好好说，是吧？显然女编务已经占了上风。到底什么事，让你像疯狗似的乱咬人？

女校长不再气焰万丈，她只是摇晃着手里的书。这本书，你们看到了吗？字里行间全都是你们编辑部里的男盗女娼。而这本揭露隐私的烂书竟然在大街上大卖特卖，还恬不知耻地打着《霓裳》杂志社的旗号。你们对此竟无动于衷？这也伤害到了我的家庭。

我们当然注意到了这本书，女编务不卑不亢地回应，也自然会维护编辑部的利益。

编辑部的利益？你们只想着你们自己，想到过我丈夫的名誉也被你们主编糟蹋了吗？

你不要言过其实。

没有什么言过其实的，你们的这个圈子就是很污秽。

可就是有无数读者喜欢我们的杂志。

我就是想知道，这本书到底是谁写的？

女编务满脸严肃，我们也在查。

还用查吗？除了你那位不知羞耻的女老板。

你不要太过分了，女编务坚守着她的不卑不亢。

我过分？我从上大学时就知道她是什么东西。现在又从这本书里看到她是怎么勾引我丈夫，怎样破坏我的家庭的。这个烂女人她到底想要干什么？做了就做了，我们忍气吞声，可她干吗还要这么恬不知耻地写出来？

女校长冲破女编务的防线，就在她奋不顾身地冲向主编办公室的时候，门竟然已经从里面打开了。女主编从容大度地把她让进去，然后悄无声息地关上了身后的门。

这两个女人，旧时同窗，第一次在没有他人的情况下面对面。

我们确实也在查。女主编为女校长泡上红茶。这本书不单单是针对你的，也是针对我的，几乎涉及了编辑部的每一个人。

每一个人？

甚至一些刚刚招聘的年轻人。

也包括那个看门狗？

一样的。书中把她描写成贝姨，还记得吗？巴尔扎克小说中的那个老处女。

到底是谁在这么干？

这个人，这位作者，显然他恨我们，恨我们大伙。所以才会以这样的方式来报复，他似乎也真的得逞了。

是你们太软弱了。

所有来龙去脉，线索和细节，就仿佛每一个人都在他的掌握中。

实在是太可怕了，甚至，连我儿子的婚礼都不放过。

我知道你一直在忍，是的，我对不起你。女主编的目光诚恳。但是我无意伤害你的家庭和孩子们，我喜欢他们……

你算了吧，别这么厚颜无耻的，让人恶心。

我女儿正为你女儿申请美国的大学……

少来假惺惺的那一套吧。我女儿根本用不着去美国。否则像你女儿那样，拈花惹草，成何体统？你还没有看到吧，在那本书里，你女儿竟被描绘得那么厚颜无耻。

她有权利追求她的爱情。女主编立刻板起脸来。这也是我们《霓裳》正在探讨的。你相信那种从一而终的爱情吗？不，可以有从一而终的婚姻，但决不会有自始至终的爱情。因为爱情，恕我直言，将永远是动荡的，所以你永远也不要指望爱情的善始善终。否则怎么会有鲁迅的《伤逝》？我们都是学中文的，所以更应该知道爱情是需要更新的，所以鲁迅才会成为了那个时代的旗手。

你用不着和我说这些，你对我们的伤害还少吗？一次一次地我都忍了，如果不是为了我的孩子们。

我无意破坏你的家庭，更不曾怂恿他离开你们，我相信他也没有勇气，他是在乎你和家庭的。不过他也曾对我说过，他的勇气将取决于我。而我从不想失去我的自由，对我来说，自由当然比爱情更重要。好了好了，你回家去吧。我已经要求编辑部的每一个人都认真阅读这本书，尽可能从中找出作者的破绽。《半缕轻烟》，多么凄凉的书名啊，我真的很欣赏这个无所不用其极的作者。你我想得出这么精彩的书名吗？尽管书中全是最邪恶的意念。

那么你觉得可能是谁呢？

你首先怀疑的，肯定是我。或许你丈夫，唯有他拥有如此犀利的文笔。要么蓼蓝，这本书尽管下流肮脏，文字却漂亮得仿佛诗篇。再者，蓼蓝的丈夫，那个失意的学者。再或者，我女儿，用天使的翅膀掀起对自由的渴望。还能有谁呢？摄影师及摄影师的妻子也可以被怀疑。还有呢？哦，我们忠于职守的女编务，可她从来不读书不看报甚至提笔忘字，我料定打死她也写不出如此璀璨而刁钻的文字来，你觉得呢？

那么，女校长阴沉的脸变得铁青，那么，如果不是你，又能是谁呢？

你还是怀疑我？

你对编辑部的每一个人都了如指掌。怎么就不可能是你呢？

不管是谁，总之他是不怀好意的。不过透过他对我们的描述，竟然让我们看到了自己的丑恶。那是我们所不自知的，却被他高屋建瓴地表述了出来。那些本不该做却做了的事情，那种肮脏的难以理喻的相互关系。是的，书里就是这么写的，很多段落都非常精辟，甚至原本纯洁的动机也能被描写得像垃圾一样，泛着恶臭……

本来就是如此，他说得对。

显然这个人满怀怨怼。他仇视编辑部里的每一个人，甚至你们这些外人。他笔下的所有人物都是道貌岸然的伪君子，更不要说那些信手拈来的风流韵事。不知道你是否注意过那些细节，你怎样忙里偷闲地看到我们在湖畔林中手牵着手。接下来我们又怎样大打出手，差一点断送了你儿子的婚礼。是的我无意冒犯你，我只是欣赏他，而且我认识他的时候并不知道他是你丈夫。我只是想给他一些，他想要的柔情。抑或某种，被爱的感觉……

你不要得寸进尺，借着这本书。你把别人的丈夫弄走时就没有哪怕一丝一毫的罪恶感？你玷污了所有美好的东西，还厚颜无耻地表白？你不要再说了，赶快把那个凶手找出来。

凶手？

是的，他没有杀人但他就是凶手。我觉得你知道是谁，可你却在袒护他。女校长将手里的茶杯重重地放在茶几上，想不到"啪"的一声茶杯就碎裂了。

女主编看着那个被损毁的杯子不禁心疼。那是他从英国带回来送给她的。但她没有作色，只说没关系。紧接着又用同样的茶杯为她泡了新茶，就仿佛被打了左脸后又伸出了右脸。

你们自觉风情高雅，却毫无道德感。女校长突然激烈反弹，仿佛是她的茶杯被人家打碎了。是的，社会上就是有一些你这样的女人在搅乱别人的生活。你们有什么权利抢走别人的幸福，让她们生活在水深火热的地狱中？

到底什么是幸福，你看看这一期《霓裳》你丈夫写的那篇文章就明白了。

你们杂志上都是些什么乌七八糟的东西，包括我丈夫那些自作聪明不着边际的烂文章。在充斥着你们这些人的社会，要保卫孩子们纯洁的心灵，不知道有多难。

但社会不可能永远停留在"卫道士"的水平上。文明也需要发展，需要更新，决不会以你我的意志为转移。

算了，和你这种人讲不清楚。女校长气哼哼地转身离去。但想想又不得不回过头来，气哼哼地说，你女儿那边如果有了消息，请尽快通知我。

我会的，你放心吧。

我就是不明白，那孩子干嘛要那么迷恋美国？现在，我女儿，她就是我生命的全部了。我愿意给她一个美好的未来，却又不忍让她离开……

看着女校长眼里泛出泪光，女主编竟也不由自主地心酸起来。她说不会的，我女儿会全力帮助她。

她小小年纪，孤身一人，而美国又那么遥不可及……

女主编情不自禁地拥抱了悲伤的母亲。她觉得这一刻，她或许是需要安慰的。但是想不到却被狠狠推开，毕竟，女校长怎么能和自己的情敌同流合污。

而这一幕，这个瞬间，竟然被刚好推门进来的专栏作家撞见。

如此，事态被阴差阳错地扭曲了。

作家的第一个动作就是冲过去，扶起被妻子推倒在地的女主编。偏偏女主编的额头又碰到了桌角上，于是鲜血淋漓，殷殷地滴落在女主编雪白的衬衣上。

作家的愤怒可想而知。他想不到妻子会来这里大打出手。他们刚刚在家中争吵过，就为那本中伤了他们的《半缕轻烟》。他任凭妻子眼泪涟涟地离开家。他担心极了，生怕她一时冲动想不开。他跑到学校却遍寻不见。紧接着来到编辑部，希望女主编能帮助他。他不想因为那本书就改变他们现在的状态，他不想失去他的家庭也不想失去他的爱。

作家恶狠狠地看着妻子。他不能想象她竟能如此不顾脸面。他以为女人之间的战争最多停留在口头上，而妻子怎么能像母夜叉那样动手打人呢？

尽管女主编不停地说，没关系的，不要紧。她不是故意的，是我不小心。作家反而越发地不能原谅妻子了。他狠狠地看着她，哪怕她周身颤抖，连嘴唇都变得没有了颜色。

丈夫的激烈反弹还表现在他对女主编的百般呵护上。这也是第一次，他当着妻子的面紧紧抱住那个流血的女人。

是的，无论怎样解释，女校长知道她都已无从申辩了。是的你为什么要来拥抱我？你以为你是谁？而我，已经水深火热不见天日了，凭什么还要接受你的同情？你占有了我丈夫就能颐指气使，高高在上？为什么还要用拥抱来羞辱我？相逢一笑，尽释前嫌，不，那不可能，我不会接受的。随便，你们爱怎么解释就怎么解释吧。反正在你们眼里，无论我怎样，都是恶人了。

她知道现状已无法改变。一旦丈夫站在了那个女人一边。但是，这场面也让女校长第一次意识到，或许丈夫也在劫难逃。她过去一直以为自己的男人之所以如此，全都是因为那蛇一般女人的百般诱惑。现在她看到了其实自己一直陷在误区，那么长久的两个人的罪恶，怎么能只是由一个人承担呢？是的她丈夫也是那段奸情的同谋，否则他怎么会不计后果地当着她，将那狡黠的女人抱在怀中呢？是的，就在此刻，他不是还在擦拭女人额头的鲜血吗？是的，如果不是她亲眼所见，他和她的那一份令人恶心的亲昵……

她还有什么好说的。

于是女校长拂袖而去，将那对狗男女狠狠地甩在了身后。在大厅对面的镜子里，她看到的竟然是一张浮现着胜利者微笑的脸。她原本以为镜中那个胜利者与她并不相干。待她离开那镜像时才忽然意识到，那个胜利者其实就是她自己。于是凄苦的心，蓦地刚强了起来。她用肩膀狠狠地撞了迎面而来的女编务。反正她已经无所谓了，无论对谁。她看着趔趄的老女人不禁生出某种惬意。她说，迟早你们要遭报应的，瞧，这本书，《半缕轻烟》，写得真是好啊。

然后她一屁股坐在蓼蓝身边，给我一杯水。又说，不然脑溢血了，也不会有人关心我。蓼蓝怯怯的，脸苍白。她只是默默坐在那里，不想被搅进任何旋涡中。

当女校长的呼吸终于平缓下来，她竟然开始撩拨蓼蓝的烦恼。你，这么年轻，真的自杀过？像那本书里说的那样，不值得呀，为那些臭男人。她不看蓼蓝的表情只是径自地说，仿佛不停地饶舌才能浇心中块垒。你那么苍白，一定失了很多的血。何苦要这样对待自己呢？哪怕，我们是最无辜也最可怜的……

我也曾和别的男人做爱，蓼蓝突然说，一报还一报，这些书上也写到了。

女校长不解地看着这个弱小的女人，就是说，你也成了她们那样的人了？你不觉得她们就像妓女，母女都是，看上去光鲜靓丽，实则龌龊无比。可是我们，我们难道只能这样逆来顺受吗？女校长说着不禁悲从中来。

这是女校长在编辑部里第二次啜泪。第一次仅仅是闪着泪光，就迷惑了女主编那柔弱的同情之心，也就酿成了自己无端的被伤害。而这一次，女校长是真的流泪了，她说她已经很久没有这样哭过了。她觉得一个当校长的女人，就应该坚强。所以很多年来她总是把眼泪往肚子里咽，除了这一次。此刻她觉得她真是伤心欲绝，甚至闪过了想要自杀的念头，所以才来向她咨询。你自杀一定是觉得生不如死吧，就像我现在的这种痛苦的感觉。我甚至想好了自杀的方式，就在那婊子的办公室里，并且就当着我男人的面撞碎封闭的玻璃窗，然后像子弹一样地飞出去……

您不会的。蓼蓝说。

你觉得我没有勇气？

您还有孩子，况且，您丈夫并没有离开您。

但迟早是要离开的。

据我所知，主编她似乎并不想……

告诉我，你是怎么做的？

您真的想知道？

我已经到了崩溃的边缘，告诉我，怎么才能彻底获得解脱？

那么，首先，我自杀了。我做到了，只是，没有死。其次，我报复了，勾引了别人的丈夫，尽管，那是种恶性循环。第三，我离婚了……

你离婚了？

因此而回归了我自己。从此我自由了，不再被别人的阴影笼罩。

女校长怔怔地看着蓼蓝，就是说，伤害了摄影师妻子的那个女人就是你？

所以我说是恶性循环，冤冤相报。他妻子因此而离开了他。从冰川回来以后，他找不到她。没有人知道她的去处。他因此而怨恨我，不原谅我，可我，又能怎样补偿呢？

相形之下，我可能更悲惨。女校长粗野地抹掉她不断涌出的眼泪。我没有自杀没有外遇甚至没有勇气离婚。马列主义老太太般的、古板而又扭曲的女人。我知道人们就是这样看待我的，包括我的家人。可作为一个中学校长我又能怎样呢？我总不能像他们那样老大不小地玩着艳遇的游戏吧？我不能，而他们能，这就是我的悲剧。但是，是我在担负着为青少年建立正确价值观的使命，我活在这个世界上难道就没有意义吗？

我觉得，蓼蓝迟疑地看着女校长，我是说我不知该不该对您说。

我没有对任何人说起过我的烦恼和苦衷。就因为我的命运和你相似，我才来找你。我只是想要找到一个知己一个同盟，她能告诉我，未来，我到底该怎么办？

您只须些微地有所改变。蓼蓝静静地说下去。其实我也曾为您想过，为什么中学校长就一定要正襟危坐？譬如，您总是一成不变的套装，难道就不能不穿这种僵硬的服装吗？还有您总是被发胶固定的头发，看上去既古板僵硬又很虚伪。还有，您或许应该改变一下说话的方式，不要总是教训人的口吻，尤其对那些开朗活泼的孩子。事实上这是种不自信的表现，谁说和颜悦色就不能扭转乾坤？您又把这种工作中的状态和腔调自然而然地带到家中，难怪您丈夫会喜欢上我们主编，您别介意，这种女人更温柔更有诱惑力。

她天生就是婊子，谁知道她女儿是谁的野种？

再有，我建议您不要总是讲德育课，为什么不开设一门诗歌鉴赏课呢，既然您也是学中文的。古往今来，东西南北，从《诗经》开始，然后汉赋唐诗宋词元曲兼及歌德、拜伦、济慈，直至戴望舒和徐志摩。这将是一个怎样脱胎换骨的华丽转身。如此，您就完全不一样了，甚至会在女校长的行列中脱颖而出……

女主编办公室的门终于打开。这是蓼蓝从女校长的目光中看到的。蓼蓝忽然意识到，事实上女校长的眼睛一直在盯着那扇门。自然是女主编和专栏作家一道出来。他们谈笑风生，受伤反而让他们更加亲近。他们如入无人之境般地伸出手臂搂住对方的腰。他们相亲相爱就那样荡漾着爱意地招摇过市。

女校长像子弹一样倏地飞了出去，紧紧追赶着那对情深意切的男女。但就在追上他们的那一刻，她却蓦地停下了脚步，转过身来，远远地看着那个早已淡定如水的蓼蓝……

第二十八章

在拥挤而繁乱的喧嚷声中，人们推推搡搡前挤后拥。人群缓慢地向前移动，终于，如溃决的堤坝一拥而入。紧接着人们又像分支的河流，沿办公大厅的各路小径，向前奔涌，直到殊途同归地汇聚到女主编办公室的门前。

然而却不再有人守在主编办公室的门口，也不再有人为她抵挡。没有了那个数年来勤勤恳恳的女编务，那个自称的女秘书，抑或人们总是不屑的"看门狗"。是的，那个忠诚到不惜得罪编辑部所有人的老女人，是的那个时时刻刻为她遮风挡雨的马前卒，为什么要放弃始终坚守的岗位？为什么要将她一直那么维护的女主编置于惊涛骇浪？

人们终于像潮水一般瞬间灌满了主编办公室。只给那猝不及防的女人留下一点点空间。她站起来，她当然要从她的办公桌前站起来，她不能退缩。她知道越是这样的时刻，她越是要勇敢而淡定地应对各路媒体。她还要面对不断袭来的闪光灯，尽管她开宗明义，我可以接受采访，但请不要拍照。但人们好像根本就没听到她的话，快门声依旧噼里啪啦地响个不停。

大概也只有这一刻，她才真切地感觉到失去女编务的遗憾。再没有人会像她那般冲锋陷阵，保护她不受外界侵扰了。她于是开始怀念她，哪怕她曾经那么恶毒地中伤她。她知道如果她在，就决不会出现这种无序甚至疯狂的局面。

所有的问题如机关枪扫射一般地向她扑来。在众声喧哗的提问中她甚至听不清任何问题，于是也无从回答。她不知道他们在说什么，更不清楚他们想要知道什么。而如此繁乱的场面也不是她所能操控的，于是她只有等，等人们安静下来，等一种能够自行恢复的秩序。

不久后一个男人跳了出来，跳到她的办公桌上。于是这个人就建立了秩序，也就拥有了他的话语权。由此他操控了所有想要提问的人，是的，人类文明就是这样诞生的。那个男人，他站在她的办公桌上就像站在雅典卫城的神殿。他站在那里左右众人，俨然英雄，抑或暴君。他想怎样，就能怎样，如此这般，一个名不见经传的小报记者，就成了这场新闻发布会的主宰。

你们真要起诉《半缕轻烟》的作者吗？

这是编辑部所有工作人员的意愿。女主编字斟句酌。

《半缕轻烟》中描写的那些，有多少是真实的，又有多少是虚构的？一半一半，还是，全都是真相？

主编没有回答。

那么，能告诉我们有多少属个人隐私，又有多少是凭空臆造的？

这些法院自有判定。有些问题，你们可以咨询我们杂志的法律顾问。

您觉得这本书，这个事件，会对《霓裳》带来什么负面影响吗？

我想说的是，这本书确实很恶劣，而《霓裳》……女主编说到这里不禁哽咽，眼睛里也闪出隐忍的泪光。我跟随这本杂志风风雨雨，从创办至今已经十五年。如今它成为女性读者最喜欢的一本刊物，订户也随之逐年攀升。我视《霓裳》为我生命的一部分。我相信我的大部分员工也是如此。而《半缕轻烟》，让我们受到了前所未有的伤害，甚至几乎是毁灭性的。很多人在责骂我们，甚至包括十五年来那些最忠实的读者。网络上那些恶毒的攻击和诋毁，你们也都看到了，我们当然要为《霓裳》讨回公道……

那么，您能保证《半缕轻烟》中那些男盗女娼都是编造的吗？

女主编看了一眼发问的女人。记得当年，我们之所以把刊名定为《霓裳》，就因为霓裳是霓裳羽衣舞的简称。为女人做的刊物就应该拥有霓裳羽衣舞那般绝美的意象。

请您不要东拉西扯，转移视线。在这个充斥着肮脏污秽的地方，您怎么可能健康地引领女性呢？

霓裳羽衣舞是唐朝宫廷的一种舞蹈，是西凉节度使杨敬述开元年间献给朝廷的。最初的名字叫《婆罗门舞》，想来应该是西域的舞蹈。后来经唐玄宗润色并制歌词，才改为后来的霓裳羽衣舞。那些舞女穿着轻柔的羽毛随歌而舞……

说那些挨不着边的东西有什么用？您到底是怎么看待《半缕轻

烟》的作者的？您和他或她之间有什么恩怨？

女主编迟疑，或者在想。是的，她们之间有什么恩怨，她恨她吗？这个对编辑部所有人都怀有深仇大恨的人，她恨她吗？是的她终于如愿以偿了，以她的方式，以牙还牙了。是的，霓裳羽衣舞中所有的音乐和服饰都是为了描述那个虚无缥缈的仙境。只是，天宝乱后，舞曲散佚……

如果书中描写的那些乌七八糟的人物关系属实的话，包括您和专栏作家，那么，您觉得您对编辑部发生的这一切负有责任吗？您是否想过辞职？

是的，天宝之乱，此曲亡佚，女主编说这些的时候，她已经不知道自己在说些什么了。那么美丽妖娆的霓裳羽衣舞，那么曼妙的羽毛……

据我所知，编辑部所有人都知道您和作家的关系，甚至成为他们不得不接受的现实。杂志社高层尚且如此，您还怎么可能管理好您的属下？编辑部如此乌烟瘴气腐化堕落，难道不是上行下效的结果吗？在如此糜烂的环境中，难道，不该有一个人站出来揭露这一切吗？

在一个个咄咄逼人的质问中，女主编坚持说完了刊名的由来。后来，是南唐后主得到了这简残谱，于是恩诏他宠爱的昭惠后周娥皇以及乐师曹生，按谱寻声，补缀成曲，而那后主，就是写了"凤箫吹断水云间，重按霓裳歌遍彻"的亡国之君李煜。

那么，您也要垂泪对宫娥喽？

是林花谢了春红，太匆匆。

那么，我们可否这样理解，《霓裳》因为丑闻，将不得不关闭了？

我这样说了吗？

别玩太极了，您能否动点真格的？您，《霓裳》的老板，真要把您的亲姐姐告上法庭？

女主编沉默不语。整个房间里也鸦雀无声。如果，女主编抬起眼睛看着大家，一字一顿，如果她真的触犯了法律的话。

甚至不顾手足之情？

法律面前，人人平等。

就算是她触犯了他人的隐私，但如果她披露的那些都是真实的呢？如果真的是您抢走了您姐姐的情人，如果您的女儿确实在跟您手下编辑的丈夫通奸，如果……

第二十九章

　　是她自己揭露了自己。她那时一定已经决定破釜沉舟。她要一不做二不休，把她的伟绩张扬出去。那是她一生中最骄傲的壮举。她既然做了，何以还要默默无闻？

　　如行云流水一般，她吐出了胸中淤积多年的浊气。然后她发现写一部小说，其实并不是什么了不起的事情。她拥有满脑子的污泥浊水，那形形色色的风流男女。她只须将他们如实地跃然纸上，便栩栩如生，风生水起。于是在写作的过程中，她可谓信手拈来，不费任何周折。当然在写作的样式上，她还是做了思考，诸如让不同的丑恶关系呈现出不同的嘴脸。而她的行文亦如流水，夹带着泥沙，以及她那深刻的怨毒与悲伤。尤其她使用的那些语出惊人的邪恶比喻，她觉得那简直不是她"写"出来的，而是从她的生命中流淌出来的。

　　通过写作，她觉得她最大的收获就是，重新认识了自己。她怎么也想象不到自己竟有如此巨大的潜能。以她的才华，她觉得还可以创作出无数这样的小说，甚至跻身于畅销书作家的行列也未可知。而这本《半缕轻烟》，当然是她的开山之作，处女之篇。只是她韶华已逝，所以不想和处女那样的字样有任何瓜葛。

总之她为此倾注了全部心血，她记得那些没日没夜笔耕不辍的劳作。她写作这本书完全是处于地下状态，她也不曾对自己的这本书抱任何期待。她只是想要清空血液中那所有的黏稠的污垢。她没有虚构，那都是她从自己毕生的痛苦和绝望中提炼出来的，她的恨，以及，她的爱。

但是，她有爱吗？连她自己都很迷惑。这或许就是身边的那些人，何以不喜欢她讨厌她看不起她进而远离她的缘故吧。是的她没有朋友，她觉得也很好。因为没有朋友没有所爱的人，她才能如此专心致志地经营心中的那一份恨。她深知那恨在她的心中保留得既完整又充满了力量，以至于足以支撑她完成这部洋洋数十万字的小说。所以，她知道她的《半缕轻烟》无论故事还是情感抑或叙述都是饱满的，沉甸甸的，有质地的，甚至发人深省的。

同时，她还通过作品第一次发现了自己的能量。写作伊始，冥冥之中她就曾坚信，她的小说一定会像一颗重磅炸弹在编辑部炸响，进而在时尚界炸响，在文学界炸响。哪怕，那些评论会将她的作品"誉"之为"恶之花"，接着将她，这个莫明其妙的不知道从哪儿冒出来的作者称之为"邪恶的"的"老处女"一般的"达人"（就如同英国那位相貌平平却唱着完美的意大利歌剧和百老汇歌舞剧的时尚大妈苏珊）。

总之，在如此酣畅淋漓的写作中，她可谓如鱼得水，无所不

216

能。她可能天生就是作家的材料，只是没有被及时发掘出来。于是，她只能是灵光乍现，大器晚成。她知道自己在写作这个行当已游刃有余，甚至所向披靡。于是不单单《半缕轻烟》，她还要写出更多这样的内幕小说，包括她自己的，她亲姐妹之间的，以及，她毕生爱着并恨着的那个男人的。后来她知道这类小说被称为"私小说"，这也是大多数中青年女作家格外擅长的表达。是的，写作本身之于她已毫无问题，她期待的，就是退休后那完完全全属于自己的时间了。那时候她就会像上了发条的钟表，或是不需要任何动力的永动机，不停地旋转。而她的那些振聋发聩的私小说也会源源不断地写出来，占据各式文学类图书排行榜的首位……

这本心血之作终于杀青了，接下来要做的就是，怎样为《半缕轻烟》找到一个买家。而这对她来说可谓举手之劳，利用《霓裳》的人脉，她很快就为自己找到了一家很知名的出版公司。洽谈中她的条件极为苛刻，要么出版，要么一个字也不给看。但是，谁又敢保证这个刚刚出道的老太婆能赚回码洋呢？于是这样的谈判进行了很多次，而每一次她所坚守的原则都不曾丝毫松动。她初出茅庐，却已年逾半百。哪怕不谙行规，却也老谋深算。她只是说，非常好看，非常非常好看，一些很私密的东西，她保证出版社会获利。于是她继续坚持，要么出版，要么一个字也不能看。结束时又加上一句，我可以找别的出版社。

然后，她开始在同意接受她的条件的出版社中做选择。选择的前提是，书要出得精美大气，装帧典雅。尽管，这是一本下作的书，当然，这是她自嘲，有时候当着那些出版社的编辑，她就是喜欢挪揄一下自己，她知道其实这是自信的表现。她不怕被人辱骂，更不在乎被轻视。她知道自己到底是个了不起的人，哪怕她大半辈子都生活在他人的羞辱和不屑中。

是的，她不那么在乎钱。她无儿无女，了无牵挂，钱对她来说可谓意义甚小。她要的只是尊严，只是名声，只是扬眉吐气，只是，将那些伤害她的人们踩在脚下。

最后的一项谈判焦灼在书名上。出版社坚持认为《半缕轻烟》太文了，不足以将此书推向畅销书市场。而她在这一点上据理力争，毫不妥协，以至于扬言要收回她的小说。她知道等着这本书的确实还有很多出版社，只是，他们也确实还在举棋不定。最后，当然是以她的胜利为结束，终于签订了出版合同。她要求她的书问世后，必须在一周内铺满大街小巷的所有书店和书摊。而她将不接受任何采访，对她的真实姓名也要有切实的法律保护。她对这笔"生意"可谓滴水不漏。

紧接着，这个神秘而冒险的出版流程开始了它的运转。当出版社一审、二审、三审地读完这部小说，大家都情不自禁地倒吸一口冷气，甚至不知道接下来该如何处置。他们首先认定，这无疑是一本畅销书，尤其以《霓裳》为背景，暗讽了时尚界的丑陋和内幕。尤其男女之间的争风吃醋，情人之中的色欲横流，就像是当年曾在美国热卖的那本《血橙》。但随之他们便犹豫了，不知道书中所写的那些人物是真实的，还是蓄意编造的？如果让他们招致隐私权的起诉，那出版社就得不偿失了。

于是他们带着惶惑敲开了那幢老房子的门。昏暗房间里那个老女人的形象，让他们不约而同地想到了梵高那幅叫做《阿尔勒人（基努太太）》的画作。那老女人，冷冷的，手托着腮，望着不知道什么地方的地方。而此刻，女作家就像基努太太那样坐着，坐在她的书桌后，手托着腮，等着她的客人们。她也像基努太太一样不苟言笑，甚至冷若冰霜。她显然已经做好了决不妥协的准备，于是当客人推门进来的时候，她也不曾站起来。

来人明说了他们的犹豫。老女人立刻反戈一击。要么履行合同，要么，我起诉你们。她进而威胁他们，我将不接受任何调解。你们当然应该知道，违约是要付出代价的。她义正词严，咄咄逼人，全然不可一世的气派。她不会让来人看出她内心的胆怯，她知道再多几个回合，她可能就要败下阵来。但是恍若有如天助，来人莫名其妙地突然兵败如山倒了。她又一次为自己赢得了胜利。她这时才发现了自己的另一种才能，她不仅可以当作家，还能做律师。

当双方终于缓和下来，便完好如初地维持了原先的合同。她突然站起来问出版人，到底什么是小说的要素？没等出版人回答，她便告诉他，就是假的。她说她当然知道什么是假的，她不会将真假混淆的。她的书里既没有真名真姓，亦不曾真情实录，你们能看出编辑部里的哪个人做了什么风流事吗？没有，是的，没有，你们还怕什么？

不久后依照合同，甚至比合同还早了一个星期，《半缕轻烟》便摆满了大大小小的书店，并很快成为了热门货。出版社为这本书的出版可谓不遗余力，为此而做了极为煽情的广告，诸如把作者描绘成一位既深居简出又才华横溢的神秘女人。并且在宣传造势中暗示，只要你仔细阅读这本书，就能从蛛丝马迹中找到现实中的原形，从而大大调动了读者的窥私欲。于是这本被精心包装的小说刚一上市，就立刻显现出了强劲的销售势头。人们奔着那本书其实并不是奔着作者去的。谁在乎这个名不见经传的作者到底是谁呢？他们只是对广告中宣称的男欢女爱和猥亵的隐私感兴趣罢了。

接下来的状态，出版社和作者都始料不及。他们估计到了这本书可能畅销，却没有想到会如此畅销。仅仅一周，《半缕轻烟》就开始再版，以至于街头巷尾，堂前屋后，多少人都在捧读他们企望窥视的那些隐私。进而熟人相见，哪怕不是熟人，也会附庸风雅地谈及《半缕轻烟》。看过者便会引为同类，相互探讨，到底何为半缕轻烟？而不曾读过这本书的，则被视为孤陋寡闻。然后便会听到对方饶有深意的劝告，何不找来看看，很有意思，保证你会放不下的。

于是这本书拯救了这个几乎发不出奖金的著名出版社。而出版社的领导层也开始争抢头功，把这本书的进账写在自己的述职报告中。当然，第一位和作者联络的那位资深编辑如约获得了欧洲十国游的奖励，接下来所有编辑都不约而同地亢奋起来，四处搜寻，恨不能每个人都能捕获一本如《半缕轻烟》般和自身利益紧密相关的畅销书。

第三十章

《半缕轻烟》就像被狂风卷起的巨浪，排山倒海，铺天盖地。但无论外面怎样风起云涌，编辑部却始终悄无声息。在这里，人们两耳不闻天下事，甚至连报纸都不看，更不要说坊间流传的那些飞短流长了。

不记得什么时候，总之很久以后的某一天，终于，一个编辑将这本罗尽隐私的《半缕轻烟》带到了编辑部。这位编辑自视清高怎么会读这样的书？他说他只是出于好奇，想知道这本书到底为什么会这么火。然而看着看着他就觉得不对劲了。怎么每段故事甚至每个人物都那么似曾相识呢？不会是被鲁迅先生塑造出来的那种典型人物吧？怕是每一个人物背后都有真实的原形吧？而且这原形就在我们身边，你只要抬起头睁大眼睛就能看到。

这编辑越看越紧张，以至于后槽牙碰撞出咯咯的响声，后脑勺一个劲地发麻。他于是极为谨慎地将那段他觉得和现实最为接近的一章拿给他最信任的同事看，而这个同事刚好是不久前离婚的女编辑蓼蓝。正因为蓼蓝离婚的前前后后、女主编和作家的婚外风

情都被惟妙惟肖地描写了出来，编辑部才开始注意到了这本让人
不寒而栗的书。

　　然后就有了女主编要求编辑部每个人都要认真阅读此书的指
令。要一行一行地研读，一个字一个字地揣摩，进而从纷繁的段
落、破碎的思绪以及蛛丝马迹中，找出那个真正的始作俑者。于是
一段时间内，阅读《半缕轻烟》竟成了编辑部工作的重中之重，而大
家日常工作时的那种厌烦情绪竟奇迹般地消失了。总之，这是一本
很好读的书，尤其是那些被曝光的隐秘。尽管呈现出一种文学状
态，却谁都能感受到这本书和他们自己的息息相关。于是他们怀着
好奇而又忐忑的心情，在字里行间寻找并对号。那是一种谁都禁不
住的窥视的欲望，尤其当故事和身边的男女私情相关。阅读中也有
一些人惴惴不安，特别是那些自身不甚检点的风流男女，生怕翻过
页来就能看到自己的隐私也被大白于天下。

　　一时间编辑部人人自危，又仿佛扎了吗啡一般亢奋不已。最后
的结论是，《半缕轻烟》的作者就在编辑部，只不过他把自己隐藏得
很深。这个人可谓无孔不入，无所不能。没有他不知道的，也不会
有被他忽略或放过的。于是编辑部的每个人都变得格外小心，因为
谁都知道有一双诡异的看不见的眼睛正在盯着大家。那眼睛就像
办公大厅房顶的摄像头，即便你在这本书中幸免于难，也保不住会
在下一本书中出尽洋相。

　　进而大家开始相互猜疑，觉得身边的每一个人都可能是书的作
者。譬如蓼蓝就曾怀疑过女主编、女编务、摄影师乃至刚刚分手的

前夫。总之在扑朔迷离中，很难判断。

 是的，作者曾跟出版社反复强调，她绝不接受任何采访。而她在《半缕轻烟》出版伊始阶段的行为，也和编辑部其他人所做的一样，努力寻找这本书的写作者究竟是谁。她像所有人一样，积极地提出自己的怀疑和猜测。诸如为什么某某对此格外热心？为什么恰恰没把某某的那段经历写进去？她甚至将祸水引到主编女儿的身上，说她在国内大学呆得好好的，怎么招呼也不打就突然回美国了？她听说主编女儿曾打探过编辑部里的人事，还听说她正在写一本关于知识分子与时尚潮流的书……

 是的，她最终抵不过那喧嚣的浪潮。她心里痒痒的，是的，她凭什么就不能出名？她明明写了那本被世人瞩目的书，为什么还要强迫自己默默无闻？当然，这风光无限并不是她写作的初衷，她的初衷只是报复。但是，在如此淋漓尽致的泄私愤中竟能名利双收，这也是她满腔怨恨地写作时万万没有想到的。

 当然，她还有一个初衷就是出人头地，进而将那些曾经鄙视她践踏她的人统统踩在脚下。她知道让她实现这个目标的途径唯有弘扬自己，而那么多媒体，那么多小报记者，那么多闪光灯和电视节目，不是刚好能够和她的初衷吻合吗，她何以非要拒绝呢？

 她知道如果没有编辑部对她这本书的格外关注，她可能早就名扬天下了。她一直纠结不已，满心矛盾，她怎么可能不想出名呢？她说她不愿接受采访，不过是一种姿态。她实在太想出现在报纸和电视中了，却只能隐忍。直到那个一心想要钩沉作者的女记者，终于千辛万苦地找到了她。

　　这位长相一般却名头很大的女记者一直追踪到编辑部。她们第一次接触时，女编务还显得有些紧张。和女记者交谈时，她显然觉出了编辑部诸位同事投来的目光，她当然非常得意这种被聚焦的感觉。她知道他们都认识这位经常出镜的女记者，也知道他们都以为女记者是来采访女主编的。然而，三言两语过后，她竟陪着女记者离开了编辑部。而女记者在她面前竟显出诚惶诚恐的样子，这才是让大家百思不得其解的。

　　接下来的采访在编辑部楼下的小咖啡馆进行。女记者溢于言表的敬重，让她受宠若惊。女记者认为她不该这样隐姓埋名，《半缕轻烟》确实是一本好书，我读了一夜，读后的反思绵远而悠长。您毫无顾忌地鞭挞了时尚界光鲜背后的那些弊端，您非常勇敢。时下，您这种犀利的，毫不妥协的，以至于近乎残忍的批判已经越来越少了。还有，你那么与众不同的文笔。您知道这种朴实的叙事风格已十分罕见了，到处充斥的全都是病态的做作，抑或疯狂的自我迷恋。而您的作品，恕我直言，就像是我们期待已久的一个文学的典范。您为什么要这么低调，为什么不愿理直气壮地走向前台呢？既然这本书就是您写的，既然……

　　然后便一发而不可收，那浪潮般的采访一波紧接着一波，甚至惊动了某些境外媒体。说中国一位几乎目不识丁的老太太写了一本震动时尚界的"大书"，说这位老太太就像迷人的天边晚霞一般璀璨斑斓。总之，过火的赞美一如《半缕轻烟》般风生水起，她便也借此而名正言顺地走向了前台。她行得端坐得正何以要埋没自己？是的她抵挡不住由《半缕轻烟》引发的这场阅读的狂潮。而这狂潮就是由她本人掀起的。她就是惊涛骇浪之上的那个弄潮儿，尽管已经年华老去。但她确实立于浪头之端，为什么要悄无声息呢？那么，她写作《半缕轻烟》这本书还有什么意义？

自从和女记者对话后，她彻底改变了自己的观念。如果现在不抓住这个大红大紫的时刻，更待何时？于是，被撩拨起来的欲望无情地挟持了她。她便也顺风顺水地决意让自己名扬四方，享誉文坛。是的，她做到了，不像某些人，靠不断炒作自己来维持可怜的名声。不，她靠的不是这些，而是她的著作。她深知唯有这本书，才是声名最好的支撑。

接下来，不停地接受采访，成为她每天的工作。报纸的，电视的，电台的，甚至网络的，她全都乐此不疲。一开始这些采访都被她安排在外面进行，后来她不想再四处漂泊了，便干脆把那些记者通通引到了编辑部。她知道在这里接受采访，无疑会给她一种格外扬眉吐气的感觉。毕竟，很多年来，她是在这里被人轻慢的。于是，在这里接受采访，对她来说，简直就是一场反击战。看吧，你们中有谁，能像我这般风光，如此受到媒体的追捧？

是的，没有人能像她那样如此迅速地成为媒体和大众的宠儿，也不会有人像她那样，忽然之间便照片影像满天飞。不久后亦有电视台和电影公司前来购买《半缕轻烟》的影视版权。她做梦也想不到，一个人，竟能如此轻而易举地就忽然拿到了那么多钱。

第三十一章

最终的昭然若揭，这是她早就料到的。

《霓裳》的编辑们也不用再上下动员、劳心费神地去寻找那个隐藏很深的作者了。

是的，就是我，有什么大不了的？我就是看透了你们丑恶行径的那个人，我就是将你们恶浊灵魂切开的那把锋利的手术刀。所以，来吧，冲我来呀。我没有什么好歉疚的，我就是做了。不能让那些肮脏龌龊的东西在编辑部恣肆妄为了，这有什么不对的？你不觉得作为主编，你已经失职了吗？

你难道就没有哪怕一丝的恻隐之心？你伤害了那么多人，你就不觉得……女主编不禁失声痛哭。

那么你呢？你在夺走他的时候就没有哪怕一点点的愧悔之意？你明明知道他是我的男人，他爱我，而你，却还是冷酷无情地抢走了他。你这样不管不顾孤注一掷的时刻，就不曾念及过我们之间的骨肉亲情？

这么多年过去，我以为你爱我……

当然，我们血脉相连。

可你还是要报复，甚至不放过我女儿……

她也是我女儿，你忘记了？是谁想让她胎死腹中？又是谁给了她生的权利？没有我就没有她，这是你抹杀不掉的。你女儿也不会原谅你。

你到底对她说了什么？

无非是关于她的父亲……

不，你不能这样对待我。你知道我一直满心愧疚。我为什么非要从美国回来办这份杂志？在那边我本来已经有了稳定的工作和收入。但我宁可把女儿独自丢在美国，就是为了你。我不想把你一个人丢在那个凄冷的大房子里。我甚至原谅了你对他做的那一切。你们姐妹要长相厮守，还记得妈妈的遗言么？

母亲心里只有你，哪怕，哪怕她知道你生下我丈夫的孩子。

可我从美国回来，就是为了和你相守。

当然，你作出这样的决定并不容易。

我知道你恨我，可我也不能原谅你。我永远也忘不掉，他怎样血淋淋地躺在你的床上，你却无动于衷。你怎么能那么残忍地将他……

你用不着这么声泪俱下。你知道那不过是个意外。他摔倒在地板上的时候妈妈也在。医院证明了他的血管里灌满了酒精。没有谁想要杀掉他，除了他自己。当然，你依旧可以告发我，为时不晚。

他无非是想要找到我，找到我们的女儿。妈妈说她正要告诉他我的地址，是你让他摔倒的。

随你们怎么说，母亲，她总是站在你一边。

我本来不想说这些，也从未想过要报复你……

但你从此就泯灭了我的心。这比报复还可怕。知道什么叫哀莫大于心死吗？

那么，他们呢？女主编指着办公大厅的那些工作人员，他们又怎么得罪你了，你要这样羞辱他们？

因为他们都和你一样，从骨子里轻视我这个不幸的女人。而他们轻视我的理由竟是因为我没有男人。你以为我没听到过他们私下里叫我"老处女"吗？但我，但我决不是处女，这你知道，你却从没有为我证明过。我的处女地是被开垦过的。我也曾有过花前月下男欢女爱。我有过我爱的和爱我的男人，直到你不知廉耻地搅进来。是的我有过性爱，那云里雾里。我之所以从此不做是因为，我要为他守住我的贞节。不像你，随时随地都离不开男人……

不不，他们不喜欢你决不是因为你没有男人。而是，你总是用最怨毒的方式对待他们。你没有爱，或者，爱已经被你尘封心底，于是你身体中的每一个细胞都充满了恨。你干吗要干涉别人的隐私？你不知道这是犯罪么？

即便犯罪，也乐在其中。女编务高傲地环视大厅里的每一个人。然后她更加趾高气扬地俯瞰众人，那姿态就仿佛权倾一时的大人物。

我就是这样的一个人。无耻也好，可怜也罢，反正我就是我了，已无从改变。自从她抢走我的男人的那一刻，就注定了我们今天的命运。尽管这些说起来太过俗套，这一切却真的就发生在我们姐妹之间。如果她是别人不是我妹妹，或许我还不会成为今天这个被你们指责的邪恶的人。一个人被冠以邪恶的名号其实也不容易，他不坏到极致也不会被人如此践踏。我之所以邪恶是因为，长年以来，我要在对我丈夫的思念中隐忍对她的恨。我知道我不该恨她，因为她是我妹妹。然而她对我的宽容大度却毫不领情……

不，你不要说了，女主编试图阻拦女编务，这些是你我之间的恩怨，用不着浪费别人的时间。

为什么不能说呢，你道貌岸然下的那诸多残忍。人们看到的只是你假惺惺充满爱心的那一面，不，那是面具，你们不要相信她。你们根本不知道她对我到底做了什么……

无非是，我和他的女儿，我们爱的结晶。而你强迫我生下她，其实就是为了在她的身上找到她父亲的影子……

但你却夺走了我的女儿。你明明知道我从她在襁褓中就开始守候她，你明明知道我爱这个可爱的女孩胜过我自己。但你还是抢走了她，就像当初抢走我男人。你把她随便扔给一个什么人家，仅仅是为了不让我再见到她。于是你第二次掠夺了我。你让我伤心欲绝，让我在孤独和痛苦中孕育我所有的恨。是的我就是这样成为了一个内心里充满怨毒的人。现在你们满意了吧？当一个人生存的环境中充满弱肉强食……

大厅里一片缭乱的静寂。

是她造就了邪恶的我，然后又良心发现回到我身边，施舍我一个看门狗的位置，是的，大家就是这么说的。于是我感恩戴德，忠于职守。就坐在你的门口，不离不弃。无怨无悔地守护那个已然逝去的女主人。《蝴蝶梦》，是的，那也是我喜欢的电影。埃斯菲尔德庄园最终毁于那场大火，也一并烧死了那个邪恶而忠诚的女管家。

但我是忠于你的吗？女编务的目光咄咄逼人。当然，我是忠诚的，不贰的忠诚。但是，我爱你吗？就像，埃斯菲尔德庄园女管家那样不离不弃地爱着她的女主人？当然，我也爱。毕竟，我们的血脉里流着一样的血。但我的心却从来没有柔软过，哪怕丝丝缕缕，哪怕我能从我的恨中抽出一丝的爱。不，我做不到，在我的胸腔里只有恨。我甚至无数次在心里谋划伤害你的方式，譬如杀了你爱的男人，甚至杀了你女儿。我知道你从未经历过我所经历的那种失去挚爱的痛，所以我要看到你痛，看你痛到生不如死，但最终……

你太可怕了！

但最终我还是选择了兵不血刃，让你慢慢地品尝这种被遗弃的滋味。知道你女儿为什么会突然离开？不是失恋，蓼蓝的丈夫自始至终爱着她。没错吧，蓼蓝，你们已经办好了离婚手续。而你，你女儿的出走只是因为你。自从她知道了你的自私和残忍，她就再不想面对一个冷酷无情的母亲了。只要你想要的，你就会不择手段。哪怕践踏亲情，逾越道德的底线。既然你能够恬不知耻地抢走我的男人，自然也就能毫无爱心地把女儿一个人丢在海外。还美其名曰，为了死去母亲的遗言。多么冠冕堂皇的谎言呀，她不再相信这一套了，甚至不再能忍受和你呆在一个房子里。

230

　　是我让你的女儿恨你并鄙视你，就像你教唆编辑部的人欺负我。但我已经不在乎了，也不再想和任何人成朋友。哪怕你那位旧时同窗，可怜又不肯承认可怜的女校长。其实我并不喜欢她。在《半缕轻烟》中我之所以没有放过她，是因为我觉得她可以成为一支射向你的毒箭。当你和偷来的作家鬼混时，那天我不知哪儿来的无名火，而她刚好在那一刻撞上来，我便毫不犹豫地暗示了她，你，是的你和她丈夫之间的暧昧。当时我并不知道自己为什么要这样做，只想着我不但要中伤你，也要让她不舒服。是的，我只说暧昧，并未坐实你们之间在通奸，不过足以在你们中间引发战争了。是的这就是我的愿望，或者目的。总之一箭双雕，让你们在乌七八糟的滥情中全都覆灭。是的，只说暧昧，是因为，我没有像亲眼看到你和我的男人在床上赤裸裸亲吻拥抱那样，看到你和作家的男欢女爱。所以只是一种感觉，我就把我的这种感觉原原本本地传达给了她。而她的丈夫，当时确实就在你的办公室。而那一刻，我本来不想拦她，就由她直接推开你办公室的门。让她像我当年那样毫无准备地，就蓦地看到自己的男人和别的女人通奸的场面。但不知为什么我还是网开一面，放了你们。不，我没有怜悯之心，我只是觉得要慢慢地来，慢慢地享受，看你们是怎样一步步地走向毁灭的。

　　我还记得女校长听到暗示后那五味杂陈的表情。不过没有预想的那么激烈，或者就因为我表述时的躲躲闪闪、遮遮掩掩，故意地欲言又止。作为总是居高临下的中学校长，她当然身经百战，宠辱不惊，事情无论怎样棘手，也能做到泰然处之。但我还是看到了她平静背后的怨愤，隐忍之中的绝望，尽管，她努力让自己做到处变不惊，极力表现出不失衡，亦不失态。但两侧太阳穴上的血管却还是鼓了起来，"嘣嘣"地跳着，仿佛要爆裂。那种从胸膛里燃起的愤怒火焰，连我都能感觉到被灼伤的疼痛。那一刻，我真的不敢保证她是否会爆发。

但女校长终究是女校长，她忽地掉转船头，开始心平气和地述说学校里曾经发生过的那些案例。她说在她任上至少就有三个学生自杀，而且都是在学校里。其中有当场毙命的，有留下终生残疾的，也有被送进精神病院的。而这些都被她处理得相当妥帖，没留下任何的后遗症，何况，教师队伍中那些难免的绯闻。

然后，主编办公室的门从里面打开，你走出来。你那么春风得意，艳若桃花，一看就知道你被弄得很舒服。而你身后，紧接着就是那位俨然情人的作家，这些我们全都看到了。如果单单是我们，自然无足轻重，既然整个办公大厅都已经司空见惯。但唯有我抱着幸灾乐祸的心态，仔细观察了女校长的表情。复杂的难以形容的略带敌意的，又无限欣喜。记得，自从她得知你就是她丈夫的老板后，她就经常到编辑部来了。她或者就是为了向大家昭示，他，这个风流倜傥的作家是有家也有老婆的。是的，那一刻，她几乎是微笑着迎向你们，那么欣然的目光，仿佛没有任何怀疑。她当然看到了你们开门的那一瞬间，看到了你们怎样迅速分离的那两只紧握的手，因为，我也看到了。但是，她竟然没有因此而改变她的表情，到底是经过风雨的老手。她的微笑，甚至变得更平静也更真诚了，那姿态，那大度，那雍容华贵，就仿佛皇后面对后宫嫔妃，抑或大太太对待姨太太。她或者以为那是天经地义的，是人世间美好的事物之一。总之无论她怎样想的，她做得都非常得体。你甚至会觉得她是那么由衷地欣赏你们，进而欣赏你们这种郎才女貌的关系。她不止一次地标榜过，说喜欢看到你们这样珠联璧合地一起工作。

是的，这完全出乎我的意料，我曾以为她会大打出手呢。我甚至觉得已胜券在握，为着你即将被羞辱甚至被殴打而满怀欣喜。想不到这个看似泼妇的女人竟如此通情达理，是她打乱了我的计划。

不错，在女校长身上我打错了如意算盘。什么叫宰相肚里能撑船，看看这女人就知道了。于是我冥思苦想，不知道自己错在什么地方。后来我终于想明白了，首先，女校长的尊严是必须维护的，所以她当然不会轻易失态。其次她不想失去她丈夫，为此她宁可忍受你们的放荡风流。她知道宽容是留住丈夫的唯一方式，为此她哪怕忍气吞声。我只是不知道作家在和你做过之后是否还和他老婆做？

她当然不会永无止境地纵容你们，她不是不报，只是时候未到。而她所谓的"时候"就复杂多了，诸如她儿子的婚礼，你女儿为她女儿申请的美国大学，甚至作家是从你这里开始出名的，而她作为妻子，当然不能过河拆桥。何况如果没有了《霓裳》，他依旧会变得一无是处，潦倒不堪，这也是她不愿看到的。总之所有的这些都要仰仗你，所以比起她丈夫和你睡觉，当然她子女的未来要重要得多。于是她不想得罪你们更不愿撕破脸皮，她要保住这个支离破碎名存实亡充斥着欺骗和谎言的，他妈的婚姻。加之她知道若真的失去丈夫，她将再不会有婚姻的可能，所以哪怕仅仅是为了维持表面的假象，她也要深明大义，勉力为之。

至于我们的女儿，她怎么会偏偏继承了父母基因中那恣意妄为的秉性？就像是一个模子刻出来的，只是她更放得开，更风骚，更肆无忌惮，也更加无所谓。她抢了蓼蓝的男人，而后，在不同的城市、不同的酒店遍布他们的疯狂。无论在哪儿，也无论白天还是夜晚，甚至教研室的桌子也不放过。我曾经对这场苟合寄予厚望，我觉得这简直是报复蓼蓝的天赐良机，绝不能错过。

是的，你算什么？女编务将仇恨的目光投向蓼蓝。写几首色情诗就高高在上啦？整个编辑部，就你，最最鄙视我。你或者觉得看我一眼都是对你的亵渎吧？而你又有什么了不起的呢？你是清朝遗少还是民国后裔？这偌大城市，还轮不到你在我眼前搔首弄姿！无非一堆连韵脚都弄不明白的求爱诗，其实谁都知道你家三代同堂，住一间草屋。好不容易才上了几年师范，就想麻雀变凤凰？然后是没完没了的白日梦，以为要想出人头地，就得多睡几个男人。都叫你酒吧女郎，当然你对此从不讳言。是的一旦醉生梦死，烂到了头，你还有什么可所谓的？但终究，你那花心的男人到底抵挡不住来自美利坚的诱惑，这难道不是你的命中注定？

可惜我又算错了牌。还没有等到我呼风唤雨叱咤风云，就传来了你自己了断自己的噩耗。你不知我听到这消息后怎样地扼腕叹息，不是惋惜你年轻的生命，而是你特立独行，最终没有落入我为你设计的陷阱，那个更加悲惨的结局。不过你的自杀还是让我感到了某种由衷的快慰，我把这想象成一种报应，一种咎由自取，自作自受。

不过几行情诗，就以为优雅清高，有那么了不得吗？而我稍加用心，便洋洋万言，行销天下，这是尔等所能仿效的吗？而自从属意于《半缕轻烟》，那些用来形容你这种伪高贵伪浪漫甚至伪虚伪的词汇就像雪片一样，纷纷坠落于我的笔下。你问我为什么要在同义词中偏偏选择那些丑恶的？是因为只有那些丑恶的才最接近我的情怀。譬如在做爱、性交、交配以及通奸这类近似的词汇中，我当然首选通奸，因为通奸是丑恶的，而且罪不容恕。

最终我还是姑息了你。但那决不是有意为之。当《半缕轻烟》已开始印刷，我才忽然意识到，我应该在书中提醒我的外甥女。我有责任让她知道，和你这种贱人抢一个男人多么不值得，哪怕自杀让你摇身一变，又成了男人心目中的烈女节妇。

再有就是，你以为你偷偷看到了什么，如获至宝，你还自作聪明地复印了那些文字。这些在复印机上都会有所显示，你几点几分，复印了什么，复印机都会完整地记录下来。你以为自己聪明绝顶，却忽略了我们已进入了高科技的时代。以为被什么人遗漏的那些隐私，其实就是为了让你看的。让你知道你丈夫是怎样和主编女儿通奸的，进而摧毁你的灵魂。让你知道在这个世界上，不是只有你一个能干的女人。楼外有楼，天外有天，这才是你要面对的现实。

　　果然，就奏效了，你被拖入绝望的深渊，很快就乖乖地将自己泡在了血水中。那生不如死的劫难彻底摧垮了你的傲慢。我只是没有算到飞往法兰克福的飞机那天停飞，于是你幸运地躲过了一劫。但从此你羸弱惨白，如风中枯叶一般地慢慢破碎，你以为你的灵魂还在吗？

　　然后离婚，这也是报应。而离婚时，我的外甥女早就离开了你的男人。我们没有被羞辱，也不曾失去什么。她早就不想玩儿这种争风吃醋的游戏了，在这一点上，她比我和她妈妈都洒脱。是我们把她送走的，她没有眼泪，也不曾牵挂。这就是结局，你的结局。为你的傲慢和浅薄，你所必然要付出的代价。

　　是的我总要找到一个发泄的方式。报复也好，在亲人中厘清真相也好，或者，写书也好。我告诫自己，不要被仇恨蒙住双眼，作出匆忙或错误的选择。于是我隐忍，我知道我还有时间，还能在最后的一刻决出胜负。

　　最终，以血还血，以牙还牙。我无数次说过不是不报，时候未到。现在，我终于在最好的时间以最好的方式，报复了所有令我怀恨在心的人。我记得鲁迅好像说过，对他的敌人，他一个也不饶恕，这便是风骨。无论你们怎样看我，但至少，我做到了如文坛巨匠一般地怀着坚强的意志，绝不饶恕。

　　现在好了，你们终于看到我的书了。我的书在某种意义上，其实就是为你们写的，你们这些当事者。我只是想要看到你们自惭形秽，羞愧难当，看到你们在我的《半缕轻烟》面前无地自容。我还要你们透过我残忍而犀利——我知道你们这样议论过——的文字，照见你们的内心。让你们看到自己到底有多无耻，多丑恶，多不配披着这身虚伪而华丽的外衣。是的，是我让你们认识了自己，也是我，洞穿了你们恶浊的灵魂。更是我拯救了你们，至少，你们再不敢像从前那样为所欲为了。

那么，是的，那么我的目的就达到了。

那么，我就胜利了。

然后她开始收拾她的书桌。事实上她早就清空了一切。她说，天价的稿费会让我度过富裕而有尊严的晚年。甚而，我可以坐着飞机到美国去看望我的外甥女。此处，她故意加重了"我的"两个字。她甚至意味深长地看了一眼茫然中的女主编。然后她拎起她一向拎着的那个香奈儿皮包。只是这一次她把这包包拎在胸前，向整个大厅展示。然后颇有深意地强调，这是地道的真货。

她缓步轻摇地飘然而去，仿佛不带走一片云彩。

她就那样走着，步履轻盈，那所有人生的重负被《半缕轻烟》卸下。

在自动门打开的那一刻她突然停下。她转过身来，对办公大厅的所有人说，斯宾诺莎有一段精彩的格言。道德和幸福是同一性的，而那个最符合道德标准的行为，就是尽情享受不违反理性的乐事。这句话，你们可以在《半缕轻烟》中找到。再有就是最后一页：一切发生的事都早已决定了，所以无论发生什么，都是必然的。

第三十二章

　　所有的人都惊魂未定。他们不由自主地相继走进会议室。或者大家都觉得在一起才是安全的，在一起才能有依靠并且有力量。每个人进入时，门都会发出"吱扭"的响声。在静寂中，每一声"吱扭"都仿佛在传递一种凄切的信息，让人心惊胆寒。在这种集体受到羞辱的时刻，大家都相信主编不会等闲视之。直到，伴随着最后一声"吱扭"，女主编满脸憔悴地走进来。

　　她没有坐在她本该坐的桌子的尽头。她把自己埋没在她的雇员中。她满怀歉疚地看着大家。她说她感谢大家在如此艰难的时刻，依旧能那么紧密地环绕在她身边。她知道，那可能得益于《半缕轻烟》几乎没放过编辑部里的每一个人。所以每一个人在这一刻都不会背叛。

　　无疑，她侵犯了我们的隐私。这是女主编的第一句话。她知道单单这一句话就能让她稳住阵脚。接下来，她又说，我和大家的想法是一样的。然后她提议大家举手通过，我们是不是应该把她送上法庭。接下来，请大家自由发表你们的看法。

238

然而沉默。良久的沉默。

没有人想说些什么吗？或者大家已然达成了共识？

继续的沉默。甚至能听到每个人的心跳声。但最终还是有人站了起来。她站起来的时候已经泪流满面。

她首先向大家深深地鞠躬，然后说，她必须代表她的家人向《霓裳》所有员工道歉。事实上在读到这本书的第一刻，我就知道是谁写的了。我之所以要求大家共同找出那个作者，事实上也是想给她一个悔过的机会。无论怎样的恩恩怨怨，但是，我爱她。毕竟她是我的姐姐，我们是手足。我从小就崇拜她，觉得她总是那么勇敢，那么无所不能。她永远都在保护我，直到她的男人爬上我的床。然后我就失去她了。我知道从那时起我就再也不可能亲近她了。但我不知道她已经把对我的爱转化成了疯狂的恨。她不许我打掉肚子里的孩子，她警告说那将导致家破人亡。然后她为我办理了休学，把我送回老家。她要那孩子生下来，由她抚养。当她从乡间卫生院抱走了我的孩子，我才忽然意识到我被掠夺了。那时候我对我的女儿已经满怀了爱，哪怕她一生出来就离开了我。于是我决意要回我的孩子，我才不在乎我会被扣上怎样的罪名，更不会在乎她是否需要透过我女儿去亲近那个她爱的男人。

是的，是我让她成为了那个踽踽独行的人。也是我促使她开始酿造她的恨。对她来说，酿造仇恨可谓不费吹灰之力。因为那仇恨就蕴藉在她的身体中，或熊熊燃烧，或润物细无声般地慢慢流淌，时时刻刻永不停歇地啃咬着她的心。她无须深入探讨，就能将

"恨"这门学问营造得既系统，又深刻，并极富新意。总之她不仅研究恨探讨恨，还将她的恨付诸实施。而我们就是她"恨的理论"的受害者。有时候我甚至觉得她就像一个关于恨的学者，耕耘恨的老农，编织恨的女工，或者，裁剪恨的技师。总之，她一生都让自己沉浸在恨意中，并一生都在寻找着用怎样的方式来发泄恨。

但是，我仍旧爱她，那是我一个人在美国读书时忽然意识到的。我开始想念她，想念我们儿时那些美好的时光。那些我们一起栽种蓖麻和向日葵的午后，那些，我们在林间水边捕捉蝴蝶和蜻蜓的黄昏。长夜里，我开始越来越多地想到她，有时候想到心疼，一种疼进灵魂里的感觉。我明明拥有这个血浓于水的亲人，却为什么还要远隔千山万水不相往来，甚至音讯全无呢？是的，就为了这想念，我回来了。我甚至不惜把女儿一个人丢在美国的校园中。然后，我就回到了父母留下的房子里，看到她是怎样凄冷孤苦地煎熬着。我甚至忘记了我们就是在那间房子里彼此疏远的。我以为我们终于尽释前嫌，不再回首疼痛的往昔。我以为她已经毫无嫌隙地接受了我，而她又那么尽心竭力地帮助我。

不知道什么时候，那种儿时的感觉又回来了。我觉得又有人来保护我了，并且不离不弃地守护在我身边。是的，她可谓尽职尽责了，对此我无话可说。至于在工作中她得罪了在座的你们，也是为了我，所以我要再次向大家道歉。关于我和她之间的关系，是我提出来要隐瞒的，以至于你们时至今日才知道她是我的亲姐姐。我只是不想给大家造成任人唯亲的印象，那样会干扰编辑部的工作。我只是太可怜她了，觉得我欠她太多，又无以报答。

　　我以为我们从此会彼此爱护，相互珍重。她这些年来的所作所为也确实给了我这样的假象。我根本就不可能想到，她竟然仍旧在聚集强大的破坏的能量。因为她的恨从未稀释过，反而伴随着岁月流逝而更强烈、更疯狂，更坚不可摧。而我们就如同坐在随时都可能喷发的火山口上，只是看不到那沸腾滚烫的地下岩浆。

　　唯一让我警醒的是，她竟然开始接近我的女儿。她总是说"我们的女儿"，"我们的女儿"，而我不喜欢她这样的表述。她常常把她带到她的房子里，在那里向她讲述尘封的往事。我不知道她对她究竟说了些什么，总之我女儿开始莫名地抱怨。为什么，她一直不知道她的父亲是谁？为什么你现在才告诉我，我有个姨妈？

　　我女儿决定回美国的时候，她好像很伤心。她当着我女儿不停地表白，说她是怎样爱我，爱到甚至她自己都不知到底有多深。而事实上，那时候她已经写完了诋毁我和大家的《半缕轻烟》……

　　女主编说着不禁哽咽。她坐下，喝水。让自己的情绪慢慢平静。接下来，她满怀期待地望着大家。如果，她说如果没有谁想说什么，就表决吧。同意将作者诉诸法律的请举手……

　　然而出乎所有人的意料，全场竟没有一个人举起手臂。哪怕迟疑的，也没有。

　　为什么？

　　大家低头无语。

　　你们到底是怎么啦？女主编的声音大起来。

沉默依旧。

女主编仿佛恍然大悟。她站起来，站在所有游移不定的人们面前。她不仅站起来，并且回到了桌子尽头主编的位置上。然后她像往日一般地气宇轩昂，高声问大家，谁能告诉我，"举贤不避亲"有没有恰好相反的句子？

无人回答。

那么好吧，让我来告诉大家。在如此动人的亲情背后，她竟然还在磨刀霍霍，子弹上膛。这让我想到了《基督山伯爵》，大家都熟悉的法国小说。那个无辜的罪犯，尽管摇身一变，万象更新，但是他停止复仇了吗？那冤冤相报的凄惨。同样的，她也从来没停止过她的复仇，她只是软刀子杀人，兵不血刃。但是她的恶，还是导致了我们中间很多人在痛苦中煎熬，甚至在死亡的边缘命悬一线。只要看看蓼蓝手腕上的伤疤，我们就该同仇敌忾了。决不能让这样的悲剧再度发生，我们必须制止她。否则我将永远不能原谅自己，永远得不到救赎。现在，你们大家，你们跟了我那么久，你们应该懂我的意思了吧？现在，我恳请大家站在道德良心的面前，再次表决……

所有人的手臂都举过了头顶。

第三十三章

  这位名不见经传却忽然之间大红大紫的女作家坐在读书频道的演播厅里。她看上去就像脱胎换骨，完全变了一个人。显然，她是被化妆师精心雕琢过的，才会像演唱《猫》的那位苏珊大妈一样，在第一场比赛和最后一场比赛中可谓判若两人。总之化妆是一种魔术一般抑或梦幻一般的能够创造奇迹的神秘艺术。它能让丑小鸭变成白天鹅，亦能将丑八怪变成美少女，恰如聚光灯下这位看起来既年轻又妩媚的女作家。

  于是，出现在屏幕上的女作家也就变得面目全非甚至难以辨认了。尤其令人惊异的是，她不仅面目变了，穿着变了，发式变了，甚至连说话的腔调也变了。事实上她的话一直很少，而能够更犀利地表现她愿望的，是她的目光。她的目光像匕首一般，闪着寒光，令人生畏，所以人们又不愿看她的眼睛。

  她对着镜头，一副很从容自信的姿态。她还施舍般地对主持人说，我可以回答任何您感兴趣的，哪怕极为隐秘的话题。这让见多识广的主持人倒吸一口冷气。

那么，您为什么要说，这是您最后一次接受采访了？

因为我的目的已经达到。我觉得我似乎应该销声匿迹了。

就是说，您不再继续写作了？

有时候，一本书就可以让一个人名垂千古，比如，刚刚死去的那个《麦田守望者》的作者。

您也喜欢塞林格？主持人十分惊讶。那是我们年轻人的偶像。

我只是从报纸上看到过他的介绍。我没读过他的小说，也不想读。

那么您喜欢谁的作品？

但有些时候，女作家循着自己的思路，是的，应该说大多时候，只能写出一本书的作者，通常会很快被人们忘记的。尤其在我们这个飞快旋转的时代，显然，我属于后者。

您的意思是？

很快被遗忘的那种。

您那么不自信？

对于我，写作只是一种武器而已。

您是怎么想起来要写这部作品的？一些媒体把您的小说说成是"新编辑部故事"，对此您怎么看？

简直是风马牛不相及。女作家做出很不屑的表情，甚至厌恶。要知道，我的书不是故事，而我的书名，也不是什么编辑部，而是《半缕轻烟》，本质的区别。

那么又何谓《半缕轻烟》呢？

一些人，一些往事，不能忘怀的，又肝肠寸断。是的，一直堆积在那里，压迫着，无论爱恨，也无论情仇，都像半缕轻烟，飘飘缈缈。

就是说，那些故事，一直挥之不去，啃咬着您的心⋯⋯

我再说一遍，那不是故事。

哦，对不起，我是想说，那些往事。一些人认为，有些完全是真实的，就来自您身边的人和事。您把这些如实记录下来，写进小说，您觉得您这样做，是对他人的侵犯吗？

又是老调重弹，能不能有点新意？我已经无数次阐述我的观点了，任何的文学都不可能脱离现实，而小说里的现实，有时候又刚好和生活中的现实相吻合。这不是谁在揭露谁的隐私，而是来自我们的经验。你听好了，是经验而不是经历。经验是由实践得来的知识，而经历则是你亲身见过、做过，或遭受过的。所谓的经验在某种意义上，当然就是从经历中提炼出来的。我写的，都是被提炼过的，类似于鲁迅先生的典型人物。所以和什么隐私权毫不沾边。我这么说，您能明白吗？

可您的作品中，那栩栩如生的⋯⋯

可以进入下一个问题吗？

听说小说的影视改编权很快就被买走了，几乎是天价，您愿意您的小说被改编成影视作品吗？

当然，女作家毫不讳言，它可以帮助我扩大影响。

还可以让您变得富有。

　　对于金钱，我几乎没有任何奢求。突然来了，我也只能是买买我喜欢的那些名牌物品，无非衣服、皮包、鞋子、化妆品一类，把原先那些假冒的扔掉，换上真的而已。可笑的是，当我把那款真的香奈儿小包挎在手臂上的那一刻，我竟然以为它是假的了。除此之外，想不出金钱还能带给我什么。

　　您觉得这本书带给您最大的影响是什么？

　　女作家迟疑片刻。她似乎不曾想到过这类问题。近日来她津津乐道的只是这书给别人乃至给社会造成的影响，她几乎从未想过《半缕轻烟》所赋予她自己的究竟是什么。

　　是的，女作家终于抬起头来对着镜头，虽然我一直想让自己活得有尊严，但大半生下来，我知道，其实我一直生存得很屈辱。当然，没有人敢直接对我说三道四，那是因为我一向的不苟言笑，这是我为我自己建立的一道自卫的屏障。他们害怕我并不是因为我的威严，而是我无所不在的邪恶。是的他们就是这么说的，整个编辑部都将我视作洪水猛兽。表面上我雄踞要位，高高在上，但私底下却总是遭人鄙夷。甚至连我的亲人都这样对待我，又怎么可能指望别人尊重呢？

　　那么，这本书出版之后呢？主持人委婉地将她拉回到主题上。

　　一样地被忽略，被不屑，被瞧不起。女作家大概想吐出胸中所有的委屈和怨气，甚至为此而矫正了自己的坐姿。这就是我写出这本书的源泉和力量。我没有跑题，我正在回答您的问题，请让我说下去。是的，我终于可以用小说反戈一击了，就如同，当年毛泽东

246

说的有人用小说反党，这中间并没有什么本质的区别。就像排出了满腹恶浊，释放之后，我确实觉得没有那么多怨恨了。我甚至能够原谅那些伤害过我的人了，这就是这本书给予我的影响。当然，我一时还做不到看庭前花开花落，随天上云卷云舒，做不到彻底饶恕那些让我痛不欲生的人。但总之，我终于扬眉吐气了，这就是我最大的收获。

近来媒体一直在追捧您，对您的宣传几乎铺天盖地，当然也不全是正面……

负面的有什么不好吗？女作家打断主持人的话，比起我几乎一生都在领受的屈辱，这些负面的指责又算得了什么？

我是说，已经过去一个多月，您的书依旧在畅销书排行榜前列，并且创造了销售新高，对于一个初涉写作的人，您是怎么看待这种反常现象的？

至少，说明这也是社会的需要，尤其让那些常年被排挤被歧视的人们看到了希望。而对我来说，也很风光，这种让人刮目相看的感觉，不是什么人都能经历的。但也很可能只是泡沫，喧嚣之后，什么也不会留下。

您这样想？

人们会离开你，舆论也会。然后一如既往地被漠视，哪怕你曾经风光无限。这就是这个社会，在飞速旋转的车轮下，所有的传奇都将被碾碎。除非你不停地炒作自己，不停地迷惑公众视线，但那不是我的初衷。

　　关于婚姻和爱情，您的书中都有所涉及。甚至有读者将您的书奉为"婚外恋宝典"，您觉得这本书真能起到教科书的作用吗？

　　真是太抬举我了。不过，我确实如愿以偿地讨伐了那些觊觎别人家庭的女人。这些女人既漂亮又富有，还有着不算贫乏的精神世界，总之这样的女人太多了。她们无时无刻不在磨刀霍霍，时刻准备着捕捉那些被她们看上的男人。她们肆无忌惮，无孔不入，既没有道德感，也没有廉耻心。这几乎成为情感领域的毒瘤，随时在侵蚀家庭这个社会的细胞。于是主妇们变得焦虑不安，终日惶惶。而许多原本美好的家庭也风雨飘摇，岌岌可危，以至最终土崩瓦解。可惜这样的危害并没有引起应有的重视。总之这个越来越随意的时代，这种恣肆妄为迟早会造成人伦的无序。

　　想不到您有这么独到的理念，不过一些读者在您的书里，似乎只是想窥探那些风流韵事。

　　我亲眼目睹过一个女人的男人被别的女人带走，而这个女人下意识的反弹就是勾引另外的男人。您不觉得这是冤冤相报吗？而冤冤相报所造成的，将是永远的恶性循环。

　　在您的书中我看到了，一位自杀未遂的女诗人……

　　至于"婚外恋宝典"纯属无稽之谈，完全是对《半缕轻烟》的误读。在书中我只是陈述事实，我并不想让那些没有道德感的女人从中获得启迪。那是一些我鄙视的人。并且我决不姑息那些破坏别人家庭的人，而我的观点是，在伦理和道德上，我宁可站在封建礼教的立场上，宁可不要西方人所宣扬的那些所谓开放和自由。

女主播一时间无言以对。那一刻她赶紧按住耳麦，接收前方导播的指引，他们显然并不想把这档节目做成封建卫道士的传声筒。于是，女主播突然话锋一转，听说，您所在的杂志社已联名将您告上法庭，以侵犯隐私权的罪名起诉您，您将怎样应对？

当然我会从容应对，这有什么可怀疑的么？我知道，这才是今天这个节目的重头戏，而你们，就是为了这个噱头才把我请进演播室的。我知道您前面问过的那些问题都不重要，甚至在播放时会全部删掉，不过那也没什么。毕竟我刚才对你说的这些，此前已经在各大媒体采访时说过了。慢慢地，人们会理解我的理念，慢慢地，我也会影响到那些我同情的人……

女主播有些强势地中断了女作家的话，您能说说您对编辑部的集体起诉持什么态度吗？

我已经说过了，那是必然的，女作家也变得强硬起来。你打中了他的七寸，他怎么可能不反咬一口呢？除非他们真的是一群窝囊废。若是换了我，我也会反弹的，甚至更激烈。打官司有什么可怕的。隐私权？隐私比社会的公平正义还重要吗？不过，打打官司也没有什么不好，打来打去就辨明是非了，所以这不是一件好事吗？

您能如此从容应对，真是了不起。

尤其对你们这些媒体就更是天赐良机，新一轮司法和媒体搅在一起的诉讼大战，必然会为你们带来商机。那么获利的就不单单是《半缕轻烟》和《霓裳》，伴随着一审二审，不仅我的书和杂志能大卖特卖，各路媒体也将风生水起。官司，是的，到哪儿去找这不用付费的广告良机呢？不明真相者，或许还以为是我们几方串通好的呢？

那么，您预测最后的赢家会是谁呢？

当然是我，因为我站在正义的立场上。而他们自然也不甘失败，不不，最终的结局，或者是，没有结果。

没有结果？没有结果是什么意思？

就是这意思。女作家说着站起来。知道这其间到底少了什么吗？女作家边问边朝外走。

什么？

崇高感。是的在这所有的因素中唯一缺少了崇高感。或者这事件本身就不崇高。你记住，这个意思是我没有对其他媒体说过的。在我们这些蝇营狗苟的俗人中，那些家长里短，小偷小摸，鸡零狗碎，谎言和亵渎，是的，您觉得我们的生活中还有崇高感吗？所以这本《半缕轻烟》最终难成大器，而我，也会很快就被你们这些媒体遗弃。

女作家说过之后扭头便走，以最快速度跨出了摄像机的视野。但女主播急急忙忙地追了过去，拦住她，对不起，还有最后一个问题，请您稍等。

你们还觉得不过瘾？

您如果可以重新开始生活，那么最想做的是什么？

我最想做的？女作家站在那里，被掩藏在暗影中。她并不知道摄像机已经无声地摇向了她。她颇费踌躇地斟酌，目视前方，她竟然想了那么久。当然，这长长的停顿在播放时可以切掉，但导演却希望保留这个静默的片段。这宝贵的将近一分钟的时间就这样缓缓播放，只是黑影中镜头已无法捕捉女作家脸上的表情。她几乎背对着镜头背对着女主播。待她终于转过身来，才低声对女主播说，只想，还做她姐姐……

黑暗中看不到女作家的脸，却看到晶莹剔透的泪光，珍珠般闪耀出斑斓色彩。那也是人们想不到的，甚至她自己，在说出"还做她姐姐"这句话时，她竟已经泣不成声。

于是节目结束。甚至没有女主播通常的总结。就那么裸着，那长长的停顿静寂，那长长的悲伤。然后，制作人员的字幕悄然掠过。就这样悄无声息的。没有音乐。就像在做最后的诀别。

第三十四章

最后的一幕发生在清晨。

这一天编辑部的人们早早来到办公室，他们要用一个上午完成全天的工作。所有人都对下午怀有一种莫名的向往。无论如何，午后开庭的官司是他们每个人生活中的大事。于是他们紧张而亢奋，他们中的大多数人尚不曾进过法庭。除个别人员留守，原则上，大凡在起诉书上签过名的人，都将出席这场被大众瞩目的庭审。各大小媒体更是养精蓄锐，他们当然不会错过这桩充满恩怨情仇的民事审判。甚至几天前他们就开始在各自载体上大肆渲染，尤以"隐私权"作为招徕人们眼球的诱饵。

于是清晨伊始，甚至编辑部的工作人员还没到，办公大厅的门外就挤满了各路记者。照相机、录音器、话筒乃至摄像机，各种装备不一而足。幸好编辑部对此早有防范，提前雇用了几位保安，他们在编辑部门口和电梯前严防死守，没有《霓裳》的证件，无论谁，一律拒之门外。

尽管大家有条不紊且高效率地工作着，但私底下还是会对下午的开庭议论纷纷。他们对那种威严而又神秘的地方充满了想象和期待，不知道最终的一锤定音对他们意味着什么。他们亦不知那个曾那么熟悉的老编务会怎样抵抗他们这个集体。她是要孤注一掷，顽抗到底，还是会良心发现，不计前嫌？不过以她的个性，她决不会甘认失败，除非判定她输，她或许才可能偃旗息鼓。于是一些人顺便想到了胜诉之后的赔偿，反正那个老女人现在有的是钱。

总之就像是一场梦，这是很多人的感慨。他们很难相信几天前还做着杂务的女人，竟摇身一变就成了大红大紫的作家，简直让人难以置信。

蓼蓝此时此刻的思绪，花非花，梦非梦。或者还因为此时此刻，她就坐在女编务曾经的位子上。这是女主编及时做出的调整。她笃信那个曾经落座这里多年的女人再不会回来了。尽管那女人并没有递交过辞职申请书。

于是蓼蓝就成了自女编务之后，女主编第二个最信任的人。她给了蓼蓝这位子，在某种意义上就等于是给蓼蓝加了薪。她如此安排无疑是出于工作的需要，但谁又能证明她不是因为内心的愧疚呢？毕竟是她的女儿让蓼蓝差点死去，又丢了丈夫。所以让蓼蓝坐在主编办公室的门外，应该也是对她的某种补偿。

自从坐在女编务的位子上，蓼蓝头脑中最经常闪过的词汇就是"看门狗"。多年来她就是用这个词来揶揄女编务的，自己怎么也会沦落到了如此境地？蓼蓝一想到这些就会不知不觉地感到恶心。不，她不是那个无聊的守门人，她是有智慧有才华能写出漂亮诗歌的女编辑。

但只要坐在这里，就等于是坐在了看门狗的位置上，蓼蓝和那个老女人又有什么区别？不，那个女人才是真正与众不同，唯有她才堪称智慧过人才华出众，深谋远虑，也唯有她才能如此惊天地泣鬼神。是的，天降大任于斯人，她才能写出那部让人灵魂震撼的小说，弄得从今往后再没有谁敢轻视她，尽管她几乎用了毕生时间才找回自己的尊严。这样想着，蓼蓝竟越发地不自信且自惭形秽起来。她进而盘点自己自结婚以来，竟再没有写出过一首像样的诗。倘若连写诗的冲动都没有了，那么她的生命中还有什么……

门外突然一阵骚动。慢慢地，吵闹声竟越来越大。大家都以为是保安和媒体发生了争执，竟至久久不能平息。于是编辑部有人出门调解，却只见调解者迅速抽身跑回，对蓼蓝耳语。蓼蓝竟惊慌得周身颤抖。没等她来得及向主编禀报，女编务就已经长驱直入。

当然，她并没有立刻冲到蓼蓝面前，从大门到主编办公室还有一段不短的距离。伴随着这位前同事的强行闯入，编辑部所有人的目光都朝向了她。而她，就是能够将目光和注意力全都吸引到自己身上的那个人。当人们得以近距离观察她，发现她和原先的那个女人简直判若两人。她穿着名牌套装，幽蓝的色调，淡雅而高贵。头发也不像往日那样光溜溜地垂在耳畔，而是高高地挽在脑后，看上去有一种莫名其妙的高傲。透明的黑色丝袜，半高跟的舞台鞋。而手里拎着的，依旧是她上一次向大家炫耀过的那个香奈儿小包，只是时间已经过去了好几个月。

当人们的视线都朝向她时，她仿佛有意识地放慢了脚步。于是人们又发现了她脖子上悬挂的黑色珍珠，手指上闪耀的卡蒂亚钻石，而这些都是暴富者的特征。

她缓步轻摇地来到蓼蓝面前。她伸出手握住蓼蓝不得不伸出的手。她说，恭喜你，终于能坐在这里了。通常说，情场失意，赌场就能赢，真是颠扑不破的真理啊。或者，你早就觊觎这个位子了吧，就像我妹妹还有她女儿，早就觊觎着我们的男人了，我的和你的，你说对吗？

她不管蓼蓝是否尴尬，径自一个转身，又把目光朝向了大厅，面对无数双迷茫的眼睛。她满脸微笑，骄矜地问道，知道我最大的变化是什么吗？你们不知道？那么你们也不曾看到吗？不不，不是我的服饰，你们真的没看到？我也是会笑的。

人群中一阵不自然的讪笑。

不过她并没有介意那些不友好的表示，她只是继续微笑着，然后说，我不是来示威的。紧接着又说，当然，我更不是来和解的。然后就开始大声责难，凭什么我还没有被除名，就不让我进来了？尸骨未寒吧？如此人情冷暖，你们的主编，她怎么会突然变得如此冷酷了？或者，仅仅因为我是被告，你们就……

蓼蓝在她身后轻声解释，保安是为了对付那些记者的，而不是您。紧接着蓼蓝又说，您今天真漂亮。有一种难以形容的雍容和高贵。为什么您从前不这样打扮自己呢？

女编务投过来不信任的目光，她靠近蓼蓝耳边低声问，你这话是由衷的吗？

当然。

别假惺惺的啦，女编务阴沉地说下去，别以为我猜不出这场官司的主谋，她再狡猾也不会如你般胸有城府。要怎样的仇恨，你们才会破釜沉舟地把我告上法庭。

女编务再度转向办公大厅，对那些假装埋首伏案工作的人们高声说，你们为什么不敢看我？我就那么可怕吗，如洪水猛兽？不，我还是原来的我，只要在这里就得继续承受你们的鄙视。不过我确实出人头地了，所以我不再是原来的我。你们本该为我庆贺的，却为什么一纸诉状，就彻底割断了我们的关系？

大厅里一片寂静，没有人敢于应和她。

如此鸦雀无声，就证明了事实上你们早就串通好了。要知道，我不是来乞求你们撤回起诉的，我有更崇高的使命，是你们这些凡夫俗子根本就无从理解的。在这里，我只是想要提醒你们，我拿到你们起诉书的副本了，也看到你们在起诉书上的签名了。当然我不会怪罪你们，当然你们也都不是盲从的。有各种各样的利益，对吧？但你们一定要对自己的签名负责，无论怎样的责任，也无论怎样的下场，你们要事先想清楚。

女编务围着蓼蓝的桌子绕了一圈，然后若有所思地停下来。说，无论你们怎样看待我，我还是怀念这里的，说着不禁红了眼圈。当然，她挥挥手转而对着蓼蓝说，都拿去吧，反正我已经无所谓了。

不过，今天能看到你们大家，我确实很高兴。等了那么久，直到今天，我们终于可以对簿公堂了。以这样的方式了结我们之间的恩怨，我真是没想到。为什么我们这些昔日同事，非要兵戈相见你死我活呢？有对的，就必然有错的。而我提出的赔偿金额并不高，只一块钱，你们还我清白和名誉。只一块钱，这不算对你们以及对我个人的羞辱吧？

这时候主编办公室的门开了。那个憔悴而苍白的女人走了出来。她略显惊愕地看着对面的女人，她想不到在这个时刻她会来。她们姐妹俩站在一起形成鲜明的反差。就像被掉换过似的，妹妹变成了姐姐，仿佛一下子老了许多年。

女编务看到女主编的那一刻似乎满怀温情。她下意识地轻抚女主编的乱发，那心痛的感觉，就仿佛她们从不曾反目，也从未落井下石。她可能想说她们姐妹一场，何苦要走到这一步。而女主编在姐姐的爱抚下几乎泣不成声。她哽咽着说昨晚看了你的访谈，心里很不是滋味，尤其听到你最后那句话，我哭了，我想到了妈妈。我只是……或者，我不该，我，我那时那么年轻懵懂不顾一切，我甚至不想知道我是怎样深深地伤害了你，可是，可我一直都爱你，不想失去你……

女主编哭着伸出手臂，想要姐姐的拥抱，却被她不动声色地驳回了，就等于是，在开庭前，女编务不想做任何和解。是的在那一刻，在温情里，在回忆中，本来什么都可能发生的，甚至撤诉，但是没有。她只是委婉而决绝地推开了妹妹的手臂，在场的所有人都看到了这个细节。她们就那样对峙着，片刻，然后便各自回到了原先的冷静中，仿佛落下了帷幕。

接下来女编务昂然一振，抖擞了起来。她久久地环视着办公大厅，目光从编辑部每个人的脸上扫过，尽管有些人低下头，不敢和她的目光相遇。

之后，她忽然提高嗓音，激昂地说，人的心灵是不会随肉体而完全消亡的。总有一部分会留下来，永生不灭。

如此至理名言，抑扬顿挫，仿佛绝响，让所有在场者都震惊不已。

紧接着，她注释，这也是斯宾诺莎说的，那位，中世纪最伟大的哲学家。

然后她与女主编擦肩而过，径自走进主编办公室。那一刻所有的人都觉得，这女人选择这个时候到编辑部来，一定是来谈判的。于是大家开始议论纷纷，不知道她们姐妹最终会做出怎样的交换和让步。而大家此时已蓄势待发，主编会妥协吗，进而出卖大家的利益？

只是，还容不得人们厘清这林林总总，主编办公室就传出了巨大的声响。一开始人们以为是她们姐妹反目，争吵起来，摔碎了什么，于是不禁心惊肉跳。但紧接着，他们就听到了蓼蓝声嘶力竭的喊叫声，夹带着，那绝望的哭泣。

是的，蓼蓝看到了这一幕，亲眼看到。那一刻甚至主编办公室的门还来不及关上，女编务就朝着落地的玻璃窗冲了过去。不知道要聚集起怎样的能量，才能撞破那坚硬的玻璃幕墙，让自己飞出去。这已经全然不是现实的景象了，唯有好莱坞的枪战片才能演绎出如此惊心动魄的场面。女主编追到破碎的玻璃窗前往下看时，她竟然还没有落地。就那么飘飘的浮云一般在半空中摇曳着，几乎听不到坠地的声音。

当蓼蓝赶到窗前向下看时，她已经一动不动地睡在了一片葱茏的草坪上。蓼蓝突然觉得这种自杀的方式似曾相识，但直到坠楼的女人被宣布死亡，蓼蓝才蓦地想起，这不是女校长曾经对她说起过的死亡的方式么。她说她真想冲进那房间撞碎玻璃窗就死在他们眼前。可最终以这种方式寻死的竟不是女校长，而是这位根本就看不出想要结束生命的女作家。

是的，在即将开庭的这个早晨，当事人之一的女作家从城市最高的建筑中跳了下来。她或许并不想成为那个特大新闻，但她又一次地成为了人们瞩目的焦点。她也算是死得风光，死得其所了，只是不知道她到底算不算一个脱离了低级趣味的人。

女主编哭倒在蓼蓝怀中，几近昏厥。手臂始终伸向那扇破碎的窗，在空气中奋力抓挠着。她不停地问，不停地问，为什么为什么为什么。待她终于清醒了过来，才真正感受到了那满心的绝望。

她并不是要来和解的，女主编哽咽着说。这是她最后的报复。她早就策划好了。她去意已决。她不想原谅任何人。她不想打这场官司，更不想身败名裂。她要全身而退，连同她的生命。她只在我的眼睛里留下了最后的影像，她的背影。然后，就消失了，什么也不曾留下，连同她的恨……

第三十五章

　　事实上，这个自杀的女人留下的，还有一笔巨款的两张支票，被分别放在两个信封里。一个信封上写着，"给《霓裳》"。而另一个标明，"给我们的女儿"。

　　一个可怕的坠楼事件，一次蓄谋已久的自杀，就让这个曾引发多方关注的案子转瞬之间灰飞烟灭。既然对峙的双方中已有一方香销玉殒，而此方又将遗产毫无保留地奉献出来，作为补偿，那么，谁还会抓住逝者的诸般劣迹不放呢？

　　是的，她已经用她的死偿还了她的罪恶，她已经做出姿态了。于是人们立刻就把对庭审的期待，转移到了扑朔迷离的自杀事件中。一时间形形色色的传言四起，并且被绘声绘色地勾勒出各种不同的版本。

　　而唯有编辑部的人们最为知情，也最心有余悸。因为在那一刻，他们每个人都听到了那女人近乎恐吓的威胁。你们当然要对自己的签名负责任，无论谁，也无论怎样的责任。那平静的现在想起来充满死亡气息的声音，就那样在他们的耳畔回响。如果她没有从窗户里跳出去,而是大义凛然地走进了针锋相对的法庭,又将是怎样的结局?

从此那声音就像符咒一样地追逐着他们。让他们无论清晨还是夜晚都得不到安宁,哪怕他们最终全都分到了她的钱。

是的他们每个人都惴惴不安,心惊胆战,并长久地不能释怀。尽管,他们所呈现出来的那种对恐怖的紧张感是一样的,但各自的表现方式又不尽相同。有人觉得,从窗口飘落下去的那个女人,是自己亲手推下去的。也有人莫名其妙地患上了洁癖,不停洗手,总觉得自己的手上沾满了她的血。还有的人说,只要一看到置在主编办公室门口的座位就开始恶心,因为他不能不联想到仰卧在青草丛中的那个活人般的死人。更有人开始害怕办公室的声音,只要听到稍微激烈一点的响动,就立刻以为又有人跳楼。总之,由这位女作家精心构建的"后遗症"可谓绵绵无尽,无论对他们精神的摧残,还是对他们生存的破坏,都是巨大的,甚而毁灭性的。

但无论人们怎样焦虑怎样不安,怎样惶惶不可终日,却都无法躲避编辑部对葬礼的筹备。哪怕她人微言轻,哪怕她只是个小小的编务,但毕竟是她写出了众所周知的《半缕轻烟》,何况她还是主编的姐姐。是的,没有任何理由能阻挡对这位女作家极尽哀荣的厚葬。而编辑部所以导演出如此义举,在某种意义上也是为了给大众一个交代,给媒体一个面子,给旷日持久的这场恩怨一个最终的了结。

于是布置最好的灵堂,悬挂最深情的挽联,环绕最艳丽的鲜花。唯一没有改变的，是女作家生前那身装束。女主编觉得既然姐姐去意已决，那么这身装束一定也就是她为自己精心选择的，所以，那应该也是她的心愿。然而蹊跷的是，无论她撞碎玻璃还是坠落草间，那身装束竟然毫发无损，仿佛轻功在身。她便是穿着自己的最爱去了天堂，连同她一起烟消云散的，还有《半缕轻烟》的手稿。

人们对这场哀而不伤的葬礼不置可否。因为他们确实不知道该怎样解释发生在这个女人身上的诡谲传奇。于是人们自然而然地想到了好莱坞那些把一个坏人当做中心人物的影片，而这个坏人又最终不得不接受命运的惩罚。然而当这个必死无疑的坏人断气的时候，观众竟然满怀同情。因为影片不仅涂抹了这个坏人硬汉的形象，还往往赋予了他无奈的一面，温情的一面，乃至人性的一面。于是当这个周身充斥着好人细胞的坏人，最终不得不依循惩恶扬善的规律，恶有恶报地死去，人们自然会为这个"英雄"一般的坏人难过忧伤，进而掬一把迷茫的清泪。

总之，就这样轰轰烈烈地完成了葬礼。而结局是，就像许多人预言的那样，无论《半缕轻烟》还是《霓裳》都开始热卖，以至于，人们很快就忘却了那个随风而去的女人。

第三十六章

　　她独自徘徊在幽暗的小街上。连日的阴雨让她周身不舒服。她不知这是在惩罚别人，还是在惩罚自己。她变得困惑迷茫，全不像离开时那么意志坚定。她已经看完了这座城中所有的博物馆。她厌倦了。她开始想念那个被她丢弃的男人。

　　接下来的日子悠闲而无聊，她本来想去另一个让她魂牵梦绕的城市。她之所以想去那个圣城一般的城市，就是想找回心中的某种信念，抑或梦想。但她却突然失去了方向，整日将自己泡在咖啡馆里。她的大脑变得越来越兴奋，而未来的方向却越来越迷茫。

　　是的，她就坐在咖啡馆外面的小街上，看眼前走来走去的行人。不远处伫立着那座她喜欢的古老教堂，但应该被救赎的到底是谁呢？她就这样坐着直到黄昏。直到黄昏融进无边的黑夜。她知道她想要些什么，却不清晰，总之那温暖的，是的那温暖而又潮湿的欲望。

　　仅仅几次背叛她就要离开他吗？人生谁没有过逢场作戏的时刻？她不知谁错了谁又该检讨？只觉得，那金色黄昏坠落黑夜的感觉，就像是悲壮的死亡。

没有人知道她此刻在哪儿。她现在孑然一身，又失去了信念。她只记得，那时候她只想离开，只想逃走，她不再能容忍那充斥了欺骗和死亡的爱情。

在黄昏坠落的那一刻，她仿佛听到了"隔江犹唱后庭花"。当吟哦那古老的诗句时，她满眼潮湿，甚至有了种悲怆的感伤。

于是她突然付了费，离开咖啡馆。在那条幽暗的小街上匆匆地走。这一次，她觉得，她有了方向。而她满脑子想的全都是，既然他们曾那么相爱……

然后她拨通了那个电话，听到了男人熟悉的声音。但她还是挂断了电话。因为她觉得那不是真的，只是梦，而这一刻，她却已经泪流满面。

她怀着期待，决意找回迷失的爱。

她，或者是摄影师的妻子，或者是教授的情人。不过这都无所谓了，既然她已经在她的心里看到了那条回家的路。

她觉得这种回家的感觉，就仿佛是追寻天边的云彩。

图书在版编目（CIP）数据

林花谢了春红 / 赵玫 著. – 重庆:重庆出版社，2011.9
ISBN 978-7-229-04357-5

Ⅰ.①林… Ⅱ.①赵… Ⅲ.①长篇小说—中国—当代
Ⅳ.①I247.5

中国版本图书馆 CIP 数据核字（2011）第 137028 号

林花谢了春红
Lin Hua Xie Le Chun Hong

赵玫　著

出 版 人：罗小卫
策　　划：华章同人
责任编辑：陈建军　张好好
特约编辑：李　洁
责任印制：杨　宁
营销编辑：杨鑫垚　魏依云
封面设计：韩　捷○SARTORI
　　　　　sartori.han@gmail.com

重庆出版集团
重庆出版社　出版

（重庆长江二路 205 号）

北京中印联印务有限公司　印刷
重庆出版集团图书发行公司　发行
邮购电话：010-85869375/76/77 转 810
E-mail：bjhztr@vip.163.com
全国新华书店经销

开本：880mm×1230mm　1/32　印张：8.5　字数：179千
2011年11月第1版　2011年11月第1次印刷
定价：28.00元

如有印装质量问题，请致电023-68706683